流木焚火の黄金時間

ナマコのからえばり

椎名　誠

集英社文庫

流木焚火の黄金時間　目次

1 波にゆられて上海へ

2 たとえばシメコロシの木

3 夏のおわりの焚き火の前で

4 うどんのお詫び

5 汚されたシルクロード

目次・扉デザイン／タカハシデザイン室
扉イラスト／山﨑杉夫

流木焚火の黄金時間　ナマコのからえばり

1

波にゆられて上海へ

ウヨウヨいるもの

わからないのは「霊能者」というやつだ。

「霊感」がつよく「いろいろなものが見える、感じる」などという人がときどきテレビなどに出てくる。いかにもそれらしい意味深な顔つき。感情の変化のあまりない、笑顔をむりやり押し殺したような、そのためかえってうさんくささを全開させたようなヒト。どういうわけか女が多い。

この「霊感」の強い「霊能者」という人が、必要以上に「怖がる」タレントなどと一緒にいわく因縁のある「霊感スポット」などに潜入する番組を見た。

必要以上に暗い場所。ライトを点《つ》ければいいのに。テレビ屋さんはいっぱいライト持っているじゃねーか、とヤボなことはいいません。スタジオみたいにピカピカに明るくては、話は成立しないだろうからね。

そうしてタレントがわざとビクビクしながら「感じますか……」などとフルエ声で言う。

「いますね。あのあたりにウヨウヨいます」

などと霊能者が押し殺した声で言う。

「ひええ……」

などとタレントがさらに怯《おび》える。

でもなあ。

「ウヨウヨいます」

ってオタマジャクシじゃないんだから、もう少しそれにふさわしい表現のしかたがあるんじゃないのかね。コトバの勉強をして「あの天井付近の暗がりに何かの思念の残滓《ざんし》が、行き先を失って救いを求めて浮遊しています。未成仏のひとつの典型的な迷走霊魂でしょう。呪能除一切苦真実不虚故説般若波羅蜜多《はんにゃはらみった》呪即説呪曰ったーしゅーのーじょーいっさいくーしんじっふーこーせつはんにゃーはーらーみーしゅーしゅーそくせつしゅーわつぎゃーてぃぎゃーてぃはーらーぎゃーてぃ……」

ぐらいはデタラメでもいいから唱えてほしい。そうでないとただ「ウヨウヨいます」っていったって、その「ウヨウヨぶり」を視聴者に納得いくように見せようとはせず、ただあのへんに「います」と言うだけだったら誰だってできる。実に「楽」な話じゃないか。

証明できないものを言われて怖がっているタレントはもっとバカだけれど、そういう無責任な番組を作ろうとするいまのテレビ業界の「つくり手」が一番安易に無責任、ということになるのだろう。

いわく因縁がありそうな場所というのは全国にいっぱいあって、旅の多いぼくは、そのたびにそのことに詳しい人によく聞く。

たとえば盛岡から遠野《とおの》にむかう途中の道ばたにあまりにも時を経てしまったので倒壊し、そのあたりの木や草とほぼ同化しつつある場所がある。よくみるとそれは古い家で、屋根はとうに落ち、あと数十年もすれば全体が土にかえっていくようだ。

クルマを運転していた友人いわく、このあたりでは有名な「いまわしい場所」だ、という。建物は江戸時代の頃からあったらしく、かなりの規模がありそうだ。宿屋だったらしい。つまり「旅籠《はたご》」だ。所有者がいなくなって取り壊すことになり、行政が業者にその工事を依頼した。すると地面の下から沢山の人骨が出てきたという。同時に名前の入っていない位牌《いはい》がいっぱい出てきた。

「なにかただならぬことがあった場所だ」

というのは明白で、そのあと工事にたずさわった人々が次々に原因不明の死や重い病気になった。

当然なにかの「祟《たた》り」がとりざたされたが、行政は、自ら手を下すわけではないからそういうものも留意せず、ほかの業者にかえて取り壊しを続行した。結果は同じようなもので、関係者には次々に災厄がおとずれ、とうとうその解体仕事に応じる業者はいなくなり、放置されたまま現代に至る、という話なのだった。

関係者が推測するに、その旅籠では泊まり客のうち金のありそうなのを夜のうちに殺し、死体は床の下に埋めてしまった。せめてもの罪滅ぼしに、名前のない位牌を祀《まつ》った。それが積もり積もって——という説明なのである。

それでも何度か現代科学で真相をあばこうと、大勢がテレビカメラやライトを持ち込んで撮影に挑んだが、カメラマンは何かの反発する「ちから」でどうしても建物の中に近づけなかった、という。

朽ち果てた建物の実物を見ながらそういう話を聞いていると、背中のあたりがゾクゾクしてくる。

同じように倒壊して瓦礫《がれき》の山になったような宿が浅虫《あさむし》温泉の外れにあり、ここも片づけようとすると、たちまち厄介事が振りかかってくるので行政も手をだせず、いまだに倒壊した建物が残っている（二〇一〇年の時点）。

おそらく、似たような「手をほどこせない物件」というのは全国にあるのだろう。そういうところに入り込んで一泊してみよう、などと向こう見ずな学生グループなどが挑んだが、みんな発狂してしまった、という。この手の話はちょっとしたアクションがあるとさまざまに無責任な尾ひれがつくのが普通だから、どこまでそういう「ちょっかい」をだした奴《やつ》のその後の話が事実なのかはわからない。

でも、似たような話は世界中にあり、スコットランドの打ち捨てられた古城では、その手の「わけのわからない圧力」に弱いぼくは遠くから眺めるだけですぐさま逃げ去った、というていたらくだが、地元の人でさえ「あの城に入ったら必ず死ぬ」といって近づかないから、歴史のある土地の、いまだに処分されない建物にはなるべく入らないほうがいい、というのが世界のいろんな国を旅して得たひとつの教訓である。

さて、そこで話は戻るのだが、最近たくさん増えているくだんの「霊能者」という人々に、ぜひそういうところに入っていってもらいたいのだ。そういうところに丑三《うしみ》つ時《どき》に一人で入っていって「ウヨウヨいます」と教えてくれたら、ぼくは厳然とその発言に畏怖の念を抱き、尊敬したい。

本当にウヨウヨいるのだな、と信じたい。

そういうコトがわかったら、テレビ撮影者もいまは暗闇のカラスだって撮れるハイテク高性能カメラがあるのだから、その「ウヨウヨ」も明確に撮影することができるでしょう。そういう「いわくあり」の場所は本当に全国にあるのだから、場所もわかっているのだから、なぜやらないのか、それが不思議でしょうがないのですよ。

「ウヨウヨ」を明確に撮影し、その説明ができたのなら、その「霊能者」のいうことをぼくはこれからすべて信じましょう。その人が「三百万円のこの壺《つぼ》を買えばあなたは明日から死ぬまで幸せに暮らせます」といったら喜んで三百万円で買いましょう。いや三百万円ではちょっと安すぎるかもしれないな。

超早起き、波濤への想い

今年（二〇一二年）の冬はやたら寒くて長かったように思いますね。三月になってもまだ春のきざしが薄く、東北や新潟、北海道の友人などに聞くと、ちょっと山のほうにいくとまだ雪だらけという。旭川《あさひかわ》などは四月の半ばになっても市街地の道路の左右に一・五メートルぐらいの雪の壁ができているそうだ。

地球温暖化、などと言われていたが、昨年から今年にかけての日本はむしろ寒冷化しているのではないか、とさえ思った。

四月になって少し気温は緩んだがちょっと薄着をすると翌日はまた寒い。三寒四温といわれる季節に入ったが、今年は三寒一温ではないかと、友人は話したりしていた。

で、このあいだの爆弾低気圧だ。直接関係はないのだろうけれど、昨年の3・11の大震災以降、日本全体がちょっと異常になってしまったみたいで、春がなかなか到来しない。それでなくても寒いエリアの被災地の人は本当に気の毒だ。ぼくの妻はひっきりなしに被災地のボランティアに行っているのだが、いったん帰ってくるといつも怒っている。現場は「収束」なんてとんでもない、と言っている。日本の新聞やテレビはどこかと契約でもしているのでないかと思うくらいに現場の本当の姿は報道していないようだ。

ぼくは五月から外国にいくので、原稿まとめ書きの日々が続き、毎日ほぼ機械的に仕事をしている。それも今年になってヘンな癖がついてしまって毎日午前四時には起きてしまうので、必然的に原稿仕事をするしかやることはなく、その意味では効率的である。不眠症なのだが、午前四時というのは深夜の最後のほうなのか、超早朝というのかよくわからない。

ただし、夜、酒を飲んだあとに破壊されたアタマでモノを考え原稿仕事をするよりも、もう残り少ない脳細胞をとにかく三時間でも眠らせたほうが少しは脳細胞がチューンアップされているからそのほうがいい、とカヌー親分の野田知佑《のだともすけ》さんにかつて「おしえ」を受けたがそれは確かなようだった。

朝の仕事はとにかくほかにやることはないから「ひたすら」で、原稿生産効率はいい。夢中になって書きとばしていると、部屋の周囲がゆっくり白んできているのに気がつく。まことに「春は曙《あけぼの》」。都心といえどこの時間はまだいたって静かで、ゆっくりその日の朝がやってくるのを体で感じるのはいわゆるひとつのシアワセなのかもしれない。カラスが激しく鳴く日とそうでない日があるのは、ナマモノのゴミ回収の日と連動しているのはもうはっきりしている。

朝食は七時ぐらい。ちょうど空腹になる頃で、たんぱく質も炭水化物も野菜ビタミン類も沢山食べる。ぼくの主食は「朝」なのかもしれない、と最近思うようになった。

というのは一人でいる場合、昼食はまことにいいかげんで、食べない日も多い。そうして夜はビール時間に突入、と規則正しいのだが、コレ果たして体にいいのやら悪いのやら。

今週は、どうもこのように平凡な個人的日常話を書いてしまっているが、これには事情がある。書きたい「科学もの」テーマがあって準備していたのだが、そのことを自分なりに正確に記述するための資料が見つからないのだ。その話を書くために用意していたので、これは困る。精神的にもアセルし、もうひとつ阻害要因が出てきた。

またもや個人的な話で申し訳ないのだが、この春、どうもぼくは今まで全然関係なかった「花粉症」というものについになってしまったかもしれないのだ。

風邪をひいているわけでもないのに洟《はな》が出る。それも頻繁にだ。ぼくはアレルギーがまったくないのでこれまで「花粉症」だらけの周りの友人をみると露骨にバカにしていた。マスクをしてゴーグルなんかかけて顔の真ん中あたりを真っ赤にしている奴を前に、「花粉」ごときでなにを大袈裟《おおげさ》な、などとあざけっていた。そのゴーマンが祟ったのかもしれない。症状的にはまだ軽いものの、とにかく彼らのいう症例とよく似ているのだ。「ようこそ我々の世界へ」などと、歴戦のわが周辺の「花粉症者」が心から嬉《うれ》しそうにしている。

こういうコトもぼくにはこの春の異常性と感じている。

数日前、ようやく本当の春らしくなった。旅に出る前の書きだめ原稿も一段落したし、連載している写真雑誌のカメラルポの取材を兼ねて、ようやく本気らしい春のおとずれた街に出てみた。月曜日だったが、世間の桜はいまが満開である。

馴染《なじ》みの新宿御苑《しんじゆくぎよえん》に行ってみた。花見の客の写真を撮るのが目的だった。いつもは月曜日は休みなのだが、花見時期でその日あたりがクライマックスということなので御苑は休まない。エライ。

しかし驚いたのは入り口のところで「持ち物検査」があったことだ。飛行機に乗るときみたいにだ。最初はなんだかよくわからないままとにかく持っていたバッグをあけてみせた。麻薬は持っていない。

少したってわかったのは「酒類」の所持検査をしていたのだった。新宿御苑は花見客の酒類持ち込みを禁止している。風紀やゴミの問題だろう。写真を撮りにきた者にとっては酔っぱらって防備意識の薄れた花見客の写真がこれではまず撮れないのでガックリあてが外れた。

みんな月曜日ならすいていると思ってきたのか非常に混んでいる。ただし酔っている人はいないからたいへん正しい健康クラブの園遊会みたいだ。そうなると、なかなか人間味のある写真は撮れない。お金を払って入ってきたので、すぐさま帰るのも悔しい。それにこうして沢山のサクラの花を見上げるのも久しぶりのことだ。

夕方五時から近くにある、ほぼ三日に一度はかよっている居酒屋で新聞と雑誌、ふたつのインタビューがあるので、その時間まで人の沢山いるサクラの木から離れたところでぼんやり「正しすぎる花見客」を眺めていた。

五時になって居酒屋へ。びっくりしたのはその時間で混んでいる。ぼくと同じルートで花見帰りに「いっぱいやりに」来た客のようだった。きっと反動というやつだ。

花見ってそんなに面白いだろうか、と考えてしまった。無風流のきわみでぼくは桜を見ても五分であきる。それよりも孤島にいって荒れる海の大きな波を見ているのが好きだ。「波見」だ。与那国島《よなぐにじま》に「波見」の最高の場所がある。断崖の上にすわってウイスキーのポケット瓶などチビチビやりながらすさまじい波濤《はとう》を見ていると心がたぎってくる。

新宿の居酒屋のその日の取材は「不眠症」についてだった。ぼくは「波見」の話をしたかったが、関係ないからなあ。

かつおぶし讃江

初ガツオの季節だ。

魚のなかでカツオが一番好きだが、釣りのなかでもカツオ釣りが一番好きだ。これまで何度もカツオ釣り船に乗ったが、あれは釣りとはいっても「狩猟」に近い。

まずカツオがいる海域めざして早朝港を出る。船倉には別の業者から買ったイワシの稚魚がぎっしり入っている。沖縄の池間島《いけまじま》などの場合は通年暖かい海域なので乗組員が途中で海に入り、イワシの稚魚を大量に網でとる。どちらも生き餌につかうのだ。

カツオ船は舳先《へさき》をとりまくように散水穴のついたパイプがはりめぐらせてある。そういう「仕組み」を施して、漁労長はまず「ナブラ」を探す。「鳥山」だ。

カツオは水面近くにいる小魚を群れで食いに浮上する。海鳥たちが空の上からその小魚を狙う。小魚としては空から鳥、海の中からカツオに挟まれてタイヘンな状態になっている。そこを人間が狙う。

いい「ナブラ」を見つけるとカツオ船はそこに急行し、舳先から大量の散水をする。同時に稚魚が大量にばら蒔《ま》かれる。

釣り子は舳先の釣り座に座って、餌のついていない、かえしのない（先端がまっすぐになった）針をつけた竿《さお》を入れる。早ければ竿を入れたとたんにもうカカル。八〜十人ぐらいが竿を振り回し、水はジャアジャア、稚魚もじゃかじゃか。つりあげたカツオは甲板に叩《たた》きつけられる。針にカエシがないから叩きつけた衝撃でカツオは針から外れてバタバタ暴れる。ジャアジャアじゃかじゃかバタンバタンというもの凄《すご》い音が続く。けれど勝負は大体五分前後だ。

カツオの群れが移動してしまうとそれでナブラ解消、船は次のナブラを探してはしる。釣り子が六人ほどいるとこの五分で四十から六十匹ぐらいは釣り上げている。これを一日続けるのだ。

タタカイは五分前後だが、アドレナリン噴出しまくりだし、釣り上げるカツオは結構重いから五、六回のナブラ勝負をするとかなり疲れる。でもあたらしいナブラを見つけると船はエンジンをフルに回して急行する。

そういうところがまことに狩猟的である。

この獲りたてのカツオをさばくのもなかなか楽しい。まず胸ビレ背ビレ、頭を落とす。次に腹を裂いて内臓系を全部落とす。水で内外をざっと洗い、いったんタオルなどで全体をよく拭いて、次は皮はぎだ。新鮮なカツオは落とした首のところの皮をしっかり摑《つか》み力をこめて、しかし丁寧に引っ張っていくと包丁を使わずにそのままそっくり手で全部皮をはがしてしまうことができる。

カツオをさばくとき実はこのあたりが一番楽しいのだ。それから三枚にオロス。

八丈島《はちじょうじま》の漁師にこのカツオのさばき方を教えてもらったのだが、三枚にオロスとき、いかに身をそのまま骨から切り取るか、が慣れるまで難しい。よく切れる包丁で、力をこめて片刃が骨をギリギリこするくらいにして厚い半身をモノにする。

十匹ぐらいやると、なんとかサマになってくる。漁師に聞いた話だが、カツオは一匹ずつ味が違っていて、なかにはえらくまずいのもまじっているそうだ。

さばくときにすぐわかるそうで、首を落とすときカツオの頭の後ろにまず出刃を入れるのだが、そのとき「ボキッ」と音がするカツオがいる。これは「ボキガツオ」といってどうやってもまずいから漁師はすぐに棄ててしまう。小売店やデパートなどに入ってくるカツオは一匹ずつ味見していることはないだろうから、このボキガツオなどがまじっていることも当然ある筈《はず》だ。

今日のカツオはいやにまずい、と思ったら翌日、買った店にそう言ったほうがいいのだが、店側もそういうボキガツオの存在を知らないほうが多いだろうから単なるクレーマーとして片づけられる可能性が強いだろう。したがって「ハズレ」にあたってしまったと諦めるしかないかもしれない。

大量にカツオが釣れるから、帰りの甲板で何匹かのカツオがさばかれる。漁師たちが好んでやるのは「血あい」をそっくりはずしてこれを丁寧にタタキ、ネギとショウガをこまかく切ったのをまぜ、醤油《しょうゆ》とゴマ油でかるく味つけし、最後に氷のかけらをばらまく。

これをタレにして、釣りたてさばきたての分厚い刺し身を食うのだ。

カツオにはビールより焼酎のほうが断然あう。いくらか陽《ひ》が傾きかけた海原を見ながら、こいつをやるとき——というのはもうたまりません。

一時、ぼくは仕事でかつおぶしについて調べていたことがある。むかしの文献によると琉球《りゅうきゅう》王朝の使者が日本国へかつおぶしを献上した、という記述がある。かつおぶしは江戸時代に黴《かび》つけの技術が生まれ、あのカチンカチンのかつおぶしが生まれた、という別の文献もある。日本よりも前に琉球があの硬いかつおぶしを作っていたとはちょっと考えられない。

そこで世界でどの国がかつおぶしを作っていたか、という資料をあさるとモルジブという名が出てきた。スリランカの南西にある小さな島国である。好奇心旺盛な作家は、そこでモルジブに飛んだ。そしてモルジブのカツオ船に乗せてもらったのだ。カツオ釣りの仕組みはいままで書いてきたのと同じだが、船の水槽一杯にイワシの稚魚が入っているので殆《ほとん》ど水船同様で、ちょっとシケたらたちまち水没、というオソロシイ船だった。おまけに釣り子が二十人ぐらい乗っている。人海戦術のカツオ釣りのようだった。

ぼくも何尾か釣った。釣れたのを持っていったナイフですぐにさばき、醤油と練りシヨウガで食った。そのとき船の中が異様に静まりかえっていることに気がついた。顔をあげると船の人々全員がみんなびっくりした、しかもあきらかにケーベツした気配でぼくを見ている。

「なんちゅう野蛮な奴なのだ」

という顔つき、目つきであった。

でもことわっておくが、モルジブの人々は漆黒に近い肌色で、ボロボロのふんどしをしている人ばかりで野蛮といえば……。

しかしそのときわかった。モルジブの人々は生の魚は絶対食べないのだ。あれは、たとえていえば日本にやってきたどこかの国の男が道を歩いていたネコなど捕まえて、いきなり生のままガブリと齧《かじ》りついている、という光景に近かったのだろう。

モルジブで作っているかつおぶしは黴をつけない「ナマリブシ」という奴で彼らはこれをカレーなどに入れて食べる。琉球とモルジブにはこのカツオのナマリブシの交易があってそれが日本のオカミに献上された、と見るのが正解のようであった。

一対二・八の衝撃

『サンデー毎日』のトピックコラムとでもいうか、前のほうのページに多方面のニュースや話題が集められているブロックは時に「おっ！」と思う記事があって見落としできない。

二〇一二年四月二十九日号の「原点の〝カタカタ〟手回し撮影、無声映画の時代に戻るカメラ」というタイトルのコラムも「おっ！」であった。ＬＯＭＯＫＩＮＯ（ロモキノ）という名称で簡単に手回し式の映画が撮れる。

大いに気をひかれたのは、既存の、いわゆる一般的な35ミリカメラで使われているフィルムで撮影する、というところで、さらにぼくが「おっ！　おっ！」となったのはその撮影サイズである。

ヒトコマが二四ミリ×八・五ミリという超横長なのである。画面の縦横比が約一対二・八というのはシネマスコープの一対二・三五よりももっと横に長い。その結果普通の35ミリのスチールカメラで写真を撮ると三十六枚しか撮れないが、この手回しムービーカメラではその四倍の百四十四枚の撮影ができる。

普通の映画は一秒間に二十四コマのスピードで回っていくが、この手回しカタカタ方式は一秒間に三～五コマというからときおり見るチャップリンの無声映画時代のチョコマカ度よりさらにチラつく画面になるだろうけれど、三十秒ぐらいは映せるそうだ。値段は七千九百円というから殆ど大人の冗談映画の感覚だろうが、映画の撮影システムは本格的だし、この三十秒でちょっとしたストーリーの映画が撮れる可能性がある。

思えば、本物の映画は、これまで画面の拡大競争の歴史だった。フィルム幅にしても8ミリ、9・5ミリ（パテフィルム）、8・75ミリ、17・5ミリ、16ミリ、35ミリと多彩であり、商業用の映画はこの35ミリ幅がスタンダードだった。この35ミリ幅のフィルムで撮影するときレンズの前にアナモルフィックレンズという特殊な歪曲《わいきょく》をするレンズをつけたのがシネマスコープだ。

アナモルフィックレンズで撮ると縦方向だけ二分の一に圧縮されるので、撮影できる範囲はスタンダードサイズの倍近くになる。フィルムだけみると映っているヒトはみんな細長く痩せている。勿論《もちろん》背景も風景もみんな左右だけ圧縮されるから、まあ簡単にいえばすべて「細長い世界」だ。

上映するときに映写機のレンズの前にまたアナモルフィックレンズをつければ、画面はダイナミックな横長になって再生される。

この方法がしばらく世界中で流行《はや》った。けれどアナモルフィックレンズには弱点がいくつかあった。広い風景を縦二分の一に圧縮してフィルムに収めてしまうのだから大きくスクリーンに拡大して映すと、どうしても画面が荒れる。さらに撮影するときパンニング（横ふり撮影）、ティルティング（縦ふり撮影）に弱かった。全体に移動撮影にフリッカー（チラつき）が出て弱いのだ。

これを解消しようという画期的な発明があった。ヴィスタヴィジョンというシステムだ。これは35ミリフィルムを横に走らせて撮影するという画期的なアイデアで、これだと撮影時のフレームが通常の倍で撮れるのでアナモルフィックレンズを使わずに横長の画面で撮影できた。ただし劇場で映すときは縦方向にフィルムが走る映写機しかなかったから、三五ミリ幅の画面に焼き付けなければならない。けれどももともと大きな面積で撮影しているのだから画面の荒れはなく、パンニングもティルティング撮影も自由でチラつきのない映像が実現した。ただし、横幅はシネマスコープほどには細長くはなくヨーロッパ方式で一対一・六六、アメリカ方式で一対一・八五だった。ヒッチコックがこのアメリカンヴィスタを気にいっていて、『北北西に進路を取れ』など何本か撮っている。

でも、多くの観客は画面の精度よりも、横幅の広いシネマスコープのほうを支持し、ヴィスタヴィジョンはあまり流行らず、日本では大映が十本ほど撮っただけだった。でも画面の拡大競争は果てしなく、やがて35ミリスタンダードの倍、70ミリ映画（スーパーパナヴィジョン）が登場する。当然このシステムを備えている映画館しか上映できず、東京でも最盛期七、八館ぐらいしかなかった筈だ。

『ベン・ハー』や『アラビアのロレンス』など、70ミリ映画のほとんどをぼくは京橋《きょうばし》の「テアトル東京」で見ていた。

70ミリ映画は実際には六五ミリ幅のフィルムで撮影され、上映プリントの音響用に五ミリ分追加されて七〇ミリ幅のフィルムになった。70ミリ映画は六本の分離された磁気録音のトラックが必要だったからそのくらい広い幅を音響用に必要としたのだ。

やがてこの70ミリ映画にアナモルフィックレンズをつけてさらに横に大きく拡大したウルトラパナヴィジョンが登場する。シネラマ（三台のカメラで撮影し三台の映写機で上映する）をのぞいて、一番巨大な画面をつくりだしたのがこのシステムだろう。画面比はなんと一対二・七五である。スタンダード画面のほぼ三倍なのだ。

当然上映スクリーンも巨大になり、日本で一番大きなスクリーンで上映したのは名古屋の中日シネラマ劇場で、スクリーンの大きさは縦一一メートル、横三〇メートルだった。彎曲《わんきょく》しているので奥行きが七メートルもあった。こんなに巨大になると前の席にいる人は全体を見ることができず、たえず首をふりまわしていなければならなかっただろう。

ぼくがこのようにウルサイのはフィルムオタクというわけではなく、学生時代から16ミリの映画を作っていたのと、一九七〇年代に銀座《ぎんざ》に映画プロダクションを作り劇場公開用の映画を実際に何本か作っていたからである。その頃にはフィルムの粒状性も向上していたので普通の35ミリフィルムのヒトコマの上下をカットして一対一・八五前後のアメリカンヴィスタの画面サイズで撮影して上映するという疑似ヴィスタが主流となり、現在作られている日本の映画のほとんどはこの「ヴィスタヴィジョンサイズ」と呼ばれるものである。つまり偽ヴィスタだ。この方式はフィルムのほぼ三分の一を棄ててしまう資源使用効率の悪いものなのであまり賢いとはいえない。

アメリカに一時テクニスコープというのが登場した。これは35ミリフィルムのヒトコマを横に二分し、ヒトコマをフタコマとして使った賢いシステムだったが惜しくも流行らなかった。でもこの方式をもっと細分化し、ヒトコマを三分割したのが、今回最初に書いたロモキノで、画面比はなんと世界最大画面、ウルトラパナヴィジョンとほぼ同じなのである。たぶんぼくはこのトイカメラをいつか買うだろうな。

波にゆられて上海へ

上海《シャンハイ》に向かう船中でこれを書いている。

アメリカのレジェンド・オブ・ザ・シーズという七万トンの大型客船だ。横浜から出港し神戸を経由してひたすら南下している。乗船客は千八百人で、乗組員が七百人余りというから、まあちょっとした動く町だ。

これだけ大きいと多少海が荒れていても揺れは少なくて――というよりも適当な「ゆりかご」状態で実によく睡《ね》れる。今回は半月以上の旅になるので、出発前の十日間ぐらいは毎日早朝四時には起きていろんな原稿を書いていたから、ものすごい慢性寝不足の状態でこの船に乗り込んだのだ。

旅の間に締め切りのくる原稿を全部書いてしまおうと思ってタタかっていたのだが、この「ナマコ」ともうあと二本、書き残してしまった。でも計算すると乗船して三日間は何も書かなくていいから、夜はめいっぱい飲んで酔い「ゆりかご」状態のベッドに入ってここしばらく味わったことのない、とんでもない深い睡りをむさぼっているのだ。

テラス向きの地上六階ぐらいの高さはあるツインルームほどの部屋がとれたので快適だ。ベッドからはいつも海が見えるし、波と風の音しか聞こえない。いつもの都会の朝のように新聞配達のバイクの音もないしカラスのさわぎまくりもないし、パトカーのサイレンも聞こえない。

大型客船の旅というのは、そういう世間のいろんな生活音から隔絶されてゆったり自分ひとりのきままな生活リズムをつくれる、というところが大きな魅力になっているのだな、とあまりこういうゼータクな旅をしたことのないぼくは、今回はじめてその「良さ」を実感している。

でも千八百人も乗船客がいるから面倒なこともある。たとえば朝食だ。レストランは六時からオープンするのだが、もう五時ぐらいから行列ができているのだ。限られた日本食に殺到しているのだけれど、アメリカ人の作る日本食だからどうも信用できない。たぶんアメリカのだいぶいいかげんな日本食レストランぐらいのものだろうから、ぼくは行列のないブッフェスタイルのプールサイドレストランにわざと遅い時間に行って、どうせならと気持ちをタルませ、朝から生ビールとともにその日ごとにいろいろ沢山の種類の並ぶアメリカめしを食っている。日本のホテルなんかのブッフェスタイルとちがって料理の種類がものすごいから、毎朝目うつりして困るくらいだ。

だから、こっちのほうがよほどいいのに、と思うのだが、まあそれは余計なお世話だろう。朝の生ビールほど「ぜいたく」かつ「だらく」なことはないが、この船の生ビールのグラスは一リットルぐらいなみなみと注がれたものを出してくるからうれしいんだなあ。

ぼくはだいたい午前十時にそうやって朝昼兼用の食事にしている。ぐっすり睡った上での午前中のビールだからとにかく申しわけないがいい気分だ。

それから晴れているとプールサイドにいっぱい並んでいるデッキチェアに寝そべって、もうじき書かねばならない書き残しの原稿の資料を読む。

書き残した原稿のうちの一本はWEB版の『ナショナル・ジオグラフィック』の連載で、今回のテーマは寄生虫だ。当然ながらどの本も寄生虫の話か写真ばかり。当然ながらたいへんたいへん気持ちワルイ。豪華客船のプールサイドでそんな本を広げていたら怒られそうだ。

だからひそかに読んでいる。世の中には、実に恐ろしくもタチの悪い寄生虫がいるもんだ、ということを嫌というほど知り、せっかくの午前中の生ビールの心地よい酔いもさめてくる。

ぼくがこの船に乗ったのは航海中に乗船客相手に「旅の話」をする――という仕事があったからだが、その話を明日することになっている。このままでいくと「寄生虫の話」なんぞをやらかしそうでちょっと不安だ。

「――世界にはいろんな寄生虫がいましてね、ナイル河近辺にいるメジナ虫というのは、ある日、何の前ぶれもなく体のたとえば腕などからいきなりスパゲティのような虫が出てくるのです。びっくりしてそれをつかんで引っ張り出そうとするとそいつはやたら長くてどんどん出てくる。三メートル、四メートル。それらをボールのように巻いていくのですが、それでもどんどん出てくる。引いても引いてもずんずん出てくる。犬はヨロコビ庭かけ回りネコはこたつで丸くなる――」

そんな話をしちゃいたいなあ、というユーワクにかられるがひんしゅくを買うだろうなあ。今朝がたのブッフェにはスパゲティがあったことだし。

その船中話は昨日終わった。八百人も入る大ホールがいっぱいで、みんな着飾っているから用心してメジナ虫の「メ」も寄生虫の「キ」も口走らないように注意した。

すべて終わり、関係者と夕方からメーンホールのはしっこでまた生ビールをのんでいたら、アメリカ人のアーティストによるピアノとヴァイオリンのとてもやるせないクラシックが聞こえてきた。申し分のないシチュエーションだ。するとしばらくしてその反対側からカラオケが聞こえてきた。

「浪花《なにわ》のド根性」とか「河内音頭《かわちおんど》」などが次々に出てくるからあれは神戸から乗ってきたド派手ファッションの関西のおばちゃんたちだ。やるせないヴァイオリンのクラシックとナニワのド根性にはさまれて、これはこれでめったに得がたい怪奇ステレオ効果を生みだし、生ビールのサカナに浪花のモツ煮とアメリカンナッツがほしくなったけれどそこにあるのはフライビーンズだけだった。

またもやぐっすり睡って、今は五月一日。

朝七時の海は凪《な》いでいたが霧に包まれていて、七万トンの船は最前から霧笛を鳴らし続けている。

上海に着くのは明日の早朝。一日停泊しているので十年ぶりのこの奇跡のような急速発展都市を歩いてみる予定だ。ただしこのアメリカ船籍の客船は日本から乗り込む時にアメリカへの入国手続きをしている。だからいったんアメリカを出国し、中国へ入国。夕方にはまたアメリカへ入国という手続きをしなければならない。つまりは今、ぼくは「アメリカにいるのだ」。船の中にはカジノがあってみんな堂々とトバクをしている。

上海を出ると済州島《チェジュド》に向かうことになる。この旅の本来の目的はそこからだ。予定通りにいけば港に新宿での飲み仲間七、八人が待っている筈だ。そして彼らと約十日間の予定で安い民宿に泊まりながら済州島一周物乞い旅に出る。旅はまだまだ停《と》まらない。

上海の底力

銀座あたりを歩いていると、中国語が氾濫《はんらん》している。前も後ろも。この傾向は十年ぐらい前から顕著になっているけれど、まもなく世界人口の四分の一が中国人になるというから、当然といえば当然なのだろう。

中国人はグループで移動していることが多いから、嫌でも目立ってしまう。銀座のブランド店などは中国人の「まとめ買い」がもの凄いらしい。お店はホクホクなのだろうと思ったが、買い方のマナーの問題があるから、中国人でいっぱいになってしまう高級ブランドを扱っている店は、単なる「高級お土産屋」みたいになってるところもあるらしく、店側としてはフクザツらしい。

三十年ぐらい前は日本人が、この中国人と同じことをパリなんかでやっていた。ぼくは当時仕事でパリなどに行っていたが、エルメスやグッチなどの店に群がる同胞を何度も目撃した。しまいには「日本人お断り」のカードをぶらさげている高級グッズの店も現れ、ブランドものに関心も関係もないぼくもなんだか悲しい気分になった。それとよく似たのがいまの銀座で、中国人によって同じようなコトが行われていると考えていいようだ。

その昔目撃し一番恥ずかしかったのは、パリのホテル・リッツで行われた日本人団体のパーティだった。ぼくはその様子を取材するためにカメラを持って会場を歩き回っていたのだが、会場でピエール・カルダンを見つけた日本人のおばちゃん集団がカルダンを囲んでサインをねだっている風景だった。なぜかみんなパスポートを出してそれにサインしてもらっている。赤いパスポートを空中にかかげてペンライトのようにひらひら振りながらおしくらまんじゅうのように群がる日本の「強いおばちゃん集団」の迫力は、その後の日本の高度成長の基礎体力になっていったような気がする。中国の高度成長もそろそろ陰りを見せているというが、そういうことを考えるとなにしろ日本よりも人口の分母が大きいから、世界中をかけめぐる中国人パワーはいましばらく衰えることはないような気がする。

先日、ひさしぶりに行った上海は、高層ビルだらけで、案内してくれた日本企業の社長は、この十年、毎日新しいビルが建っているかんじですよ、と話していた。

でも驚くべきは建築中の十階建てぐらいのビルだと外側を覆う作業用の足場が、いまだに竹で組まれていることで、その細い足場をネコ車と呼ばれる一輪車がレンガなど積んで行き来していることだった。さすがに三十階ぐらいの高層ビルは日本でよく見るように一番上に大きなクレーンが乗っていて、それで建築資材を上げ下げしていたが、低階層ビルでの竹囲いの作業台がいまだに生きている、という「ド根性」には感心した。

六年ほど前に来たときは夜に町を歩いていたら三十階ぐらいの建築中のビルの上層階で火が燃えているのを見て驚き「あっ！　あそこ火事ですよ」と同行していた中国人に言ったら「問題ありません、作業員の夕食ですよ」とすました顔で「解説」してくれた。そのビルはまだエレベーターが完全ではなく、仕事を終えた作業員が建築中の危なっかしい階段を降りて、明日また上がってくるのも大変なので、みんなそのあたりの上層階で寝泊まりしているらしい。

ぼくが「火事」と驚いたハダカ火は彼らが夕食用に焚《た》いていた「焚き火」なのであった。やっぱりこのときも中国人の「ド根性」を感じたものだった。いま思うのはああいう場合、トイレはどうなっていたのだろうか、ということだった。中国といったら有名なのは「開放便所」で、これはちょっと田舎にいくと公厠《こうし》などはいまだ完全にオールオープン（仕切りもドアもない）しかもため込み式の鼻七重曲がりのおおらかなニーハオトイレ（用便をしながら互いに挨拶できる）だ。

まさか地上三十階のところから高層垂れ落とし、というような離れ技をしていたとは思えないが、中国人ならやっておかしくない、という「底力」はまだ感じる。

揚子江《ようすこう》ぞいには非常に奇抜なデザインの高層ビルや塔などが林立し、ちょっとしたSF的未来都市の景観をなしている。

その反対側は中国の古い建造物が並んでいて、ぼくなんかの目からいうと、そっちのほうがいかにも中国四千年の魅力ある風景なのだが、中国の市民はその未来都市風の対岸の風景が「躍進中国」を象徴しているようなので、恋人たちなんか肩寄り添ってそっちの風景を見るのが断然好きなようである。

市内は圧倒的にクルマが増えていてそれも高級車が多い。以前来たときはいたるところでクラクションが鳴っていてやかましく、あまりにもクラクションが多いのでどのクルマがなんのために鳴らしているのか分からず意味がなかったのだが、今はぐっと少なくなり、少なくとも外見上は洗練されてきた。

まだ道路交通のルールが整備されていない途上国ほどやかましいクラクションだらけになっている——という法則のようなものを感じていたが、その意味では名実ともに上海は国際都市になっているようだ。

ただし、中華思想そのものは相変わらずで、クルマが横道からメーンストリートに入ろうとすると「底意地の悪さ健在」としか言いようのない「譲り合い大嫌い」の精神は相変わらずで、そこでクラクションが威圧的戦闘的にパンパカ鳴らされている。

その一方で自転車の量が圧倒的に少なくなった、というのも大きな変化で、かつては自転車の大群が川の流れのように道いっぱいに広がって、道路の「主役」だった。

ぼくが初めて上海に行ったのは一九八一年のことで、その頃は男女とも灰色の人民服で早朝六時ぐらいから町はそんな人々で溢《あふ》れていて、何事か、と驚いたものだ。

その頃がまさしく中国のやみくもな成長初期で、工場などは二十四時間操業。朝がた町に溢れていたのは仕事がオフになったヒトが、家に帰っても電気が暗く面白くないのでひたすら歩き回っていた、という訳なのだった。公園などにいくとベンチにズラリと恋人たちが座ってしっかり抱き合ってキスなどしていた。朝方仕事終わりのシフト同士の恋人たちはその時間しか逢《あ》い引《び》きできなかったのだ。まだラブホテルなどない時代だったし。

でもいまだに基本的な中国人の傍若無人ぶりは変わっておらず、空港などで中国人団体がいると、みんな怒鳴るように話をしているので、全員喧嘩《けんか》をしているように見える。見ると携帯電話のカメラで写真を撮りあっているのだが、一枚撮るのにロビー中に響きわたるような声で叫びまくっている。この「周囲のヒト目」など一切気にしない中国人パワーは結局不滅で、それがまだまだ躍進中国の原動力になっているようだ。

2 たとえばシメコロンの木

誰かが見ている

前にも書いたがこのところ何かモノノケに憑《つ》かれたように明け方の四時にパキリと目が醒《さ》めてしまう。

前の晩に自宅で飲んでいるときは十時ぐらいにはベッドにもぐってしまい、本を読んでいるうちに寝入ってしまうからまあ五時間以上は寝ていることになる。睡眠時間としては問題ないのだが、この超早起きというのが困る。原稿仕事はキリなくあるけれど、そんなに早起きして仕事をはじめる、というのも我ながらいかがなものか。

もう少し寝るか、と思っても、もはや簡単には寝られない。歳《とし》をとってくると眠るのにもエネルギーが要る、というけれど本当のようだ。睡眠力不足とでもいうのだろうか。

では眠くなるまで、昨夜読んでいた本の続きを読むか、ということになるが、早く眠くなるため昨夜はレーダー探知関係のけっこう難しい概説書などを読んでいたので、そんなものを読むのもこの早朝からいかがなものか。新聞の朝刊はまだ来ていない。昨夜は水曜日で、フト考えると木曜日発売の週刊誌二誌がもうコンビニに並んでいる時間だ。

週刊誌なら超早朝に読むのもいいだろう。一誌はぼくが連載している週刊誌でもあるし、もう何を書いたのか忘れてしまっている。歳をとると忘却力が強くなる。

そこでお金を握りしめて二〇メートルほど先にあるコンビニに行く。そんな時間でも小太りの若者が一人、マンガ週刊誌を立ち読みしている。マンガねえ。こんな超早朝にいかがなものか。もしかすると読んでいるフリをして何か犯罪を企《たくら》んでいる奴《やつ》かもしれない。オタク系の根暗っぽい横顔だ。

そのコンビニはときどき強盗事件がある。

まだ傷害事件まではいっていないがコンビニの店員もたいへんな時代になった。アメリカのデリカテッセンなんかだと個人経営が殆《ほとん》どだから、映画などでよく見るように、レジのそばに自衛用の拳銃なんかを置いてあるのだろうが、日本はその点無防備だ。

フト店内に監視カメラはないのか、とひそかに見回したがよくわからない。あまりあからさまに天井などを見回していると、どこかにやっぱり監視カメラがあって、そういう行動が記録されているかもしれない。そしてもしもこのあと事件などがおきた場合、あいつが最初の見張り役じゃないのか、などと疑われる可能性がある。

目立たないようにそっと二誌買って外に出た。まだあたりは暗い。新宿に近いところだが、さすがにまだ人通りもクルマもない。今日は生ゴミの収集日ではないのでカラスの姿もない。いっけん平和な住宅地の夜明け前だが、この少し先の商店街通りには監視カメラがところどころに設置されている。

部屋に戻って週刊誌をパラパラやっているうちに新聞配達の自転車の音が聞こえた。五時だ。もう超早朝ではなくただの早朝だ。

階下に行って新聞をとってきた。

社会面のトップに、せんだっての渋谷《しぶや》駅のナイフ男が逮捕された記事が出ていた。こういう通り魔みたいな奴はむかしはなかなか逮捕されなかったが、今回は監視カメラがとらえていたので早いうちに捕まるだろう、というなんとなくの予想があった。

記事を読むとやはり各駅の監視カメラの分析によって、この犯人の降りた駅まで特定され、それが逮捕につながったようだ。

池袋《いけぶくろ》駅で降りていない、ということが分かりその先の路線駅を調べた、というのだが池袋駅で降りる人は何万人といるわけで、どうやって「いない」ということが確認できたのだろうか。監視カメラで撮った一人一人の顔を調べていったのだろうか。犯人が捕まってよかった、と思う一方でなんだかそういう監視システムの凄《すご》さも気になる。都会の盛り場はいま防犯カメラだらけのようだ。警視庁のウェブサイトによると、新宿歌《か》舞《ぶ》伎《き》町《ちょう》に五十五台、池袋に五十台、六本木《ろっぽんぎ》に四十五台、渋谷に二十台、上野《うえの》に十五台という数字が出ている。

高速道路には「Nシステム」と呼ばれる「自動車ナンバー自動読み取り装置」があっ

ちこっちにあって、通過していくすべてのクルマのナンバーを記録しているらしい。その結果どのナンバーのクルマがどこを何時にどう通過したか、ということがすべてわかってしまう。

速度監視カメラはオービスで、スピード違反のクルマのナンバーと運転者の顔写真が鮮明に撮影される。ぼくの友人でこのオービスによって運転免許を失ったのがいる（それ以前に小さい違反を重ねていた）。Hシステムはレーダーを使った速度監視装置。LHシステムはNシステムにオービスで使われている道路に埋め込んでスピードを測るループコイルという装置を加えたもので、やはりスピード違反を取り締まることができる。Tシステムはそのクルマがどのくらいの時間で一定区間を通過したか、を調べる装置。それによって道路の混雑情報がカーナビなどに反映されているらしい。だから便利なシステムでもあるのだが、でもこうしたいろんな装置によって我々は誰かにどこかでがっちり「見られている」ということでもあるのだろう。都会ではヒトもクルマも全部監視されているのだ。

我々がフツーに使っている携帯用コンピューターでもあるiフォンなどのスマホではそれを持っているヒトの行動場所が簡単に特定できるという。会社が外まわりの仕事をしている社員にこういうのを強制的に持たせると、もうさぼれない。GPSの機能を利用しているわけだから映画を見ていたり、パチンコをやってさぼっていたりすると簡単にバレてしまう。便利なものほどリスクがある、ということの典型的な話ではないのか。

これによって恋人が相手の行動を明確に知ることもできるらしい。夫婦だったら浮気行動がミエミエで、たちまち修羅場になるのだろう。こういう全員相互監視状態というのは少し前のSFなどで語られていた。ほんの二十年前ぐらいのことだ。アンチユートピアが本当のことになりつつある。

筒井康隆《つついやすたか》さんのむかしの短編に「おれに関する噂《うわさ》」という笑えるけれどかなり怖い話があった。ある日、主人公が朝飯を食いながらテレビを見ていると、その主人公の朝飯の内容が語られていたりする。読んだ当時はそういう未来も面白いかもしれない、と無邪気に反応していたのだけれど、もう少しで現実になりうる話なのだ。

そこでフト思ったのは、わが面倒な超早起きについてだった。あれは、どこかから自分を監視している何かの「目」を不穏なものとして鋭敏に感じたからではないのか。

改めてよーくわが寝室を見回すと、天井付近に見たこともない小さな高性能カメラが設置されていたりして……。

たとえばシメコロシの木

『ナショナル・ジオグラフィック』WEB版に「超生命」とでもいうべき、ヘンテコな生き物列伝を連載しているのだが、寄生虫のジャンルに入ってきたところで一時的に頓挫してしまった。あまりにもいろんなものが「いすぎる」のである。バクテリアまで含めると、我々普通の人間は例外なく無防備にとてつもない「異生命」にパラサイトされている。

ヒトの目には見えない寄生菌となると、どんなヒトでも顔面だけで数万の「自分とは別の生き物」に覆われているのである。もっともこのバクテリアは人間の顔面からでる脂を食っているので、そいつがいないと、人間の顔面は常に脂のながれるテラテラ顔になってしまい、石鹸《せっけん》で三時間洗おうがタオルで二時間こすりまくろうが拭いとることはできない。

植物ならそんなことはないかなと思ったらとんでもなく、たぶん（動けないぶん）動物よりもはるかに膨大な「別の生物」に寄生されていて、殆どの巨大な樹《き》は「パラサイトもののマザーツリー」といったほうがいいくらいだ。バクテリアは勿論《もちろん》のこと、それよりはるかに巨大なダニやアリなどの虫類からはじまって枝の股やうろに住み着く鳥や小生物まで。さらにそれらにつく寄生虫もうんざりするほどいるから、一本の木がさながら多種生物の小宇宙みたいになっているのが見えてきたのだった。「そういえば！」と思いだした。むかし歩いた世界の辺境でひとめで「なんという……！」と呆《あき》れるような寄生生物を見たことがある。

名前がふるっていて「シメコロシの木」という。最初に見たのはアマゾンの浸水林をカヌーにのってさまよっていたときで、遠くからでも面妖と見える巨木があった。たとえていえば高さ一五メートルぐらいの垂直に立つガイコツである。ガイコツといっても人間のそれではなくなにかとても胴が長く手足が沢山ある生物のガイコツに見えた。あとでわかってくるのだが、それは寄生の目的が終了し、寄生された親木は腐って崩れ落ち、寄生した生物だけが生き残っている姿だったのである。

シメコロシの木はクワ科（イチジクの仲間）で、寄生のメカニズムは単純だ。まずその種子が鳥などによって親木の樹冠付近に運ばれる。種子は親木から養分を得てぐんぐん育ち、やがて細い根（気根）を親木の幹に沿って下にのばしていく。地面に到達すると自分の根と寄生している親木から養分をとってぐんぐん生長し太くなっていく。やがて親木を抱くように横にも何本も手足のように根が出てきて親木からの養分を全身で効率よく吸い取っていく。

これのもっともすさまじいのをカンボジアのアンコールワットで見た。樹高は三〇〜

四〇メートルはあった。巨大なタコの足のように太く長く伸びて怪物化した気根はアンコールワットの古代の建造物をそれこそ「わし摑《づか》み」して遺跡の石やまわりの岩などと完全に一体化している。遺跡を守るためにシメコロシの木を伐採すると遺跡もろとも壊れてしまうから、そのままにしているそうだ。

我々のまわりにも似たような話がある。生活保護費などにパラサイトする人々だ。けれどそういう国家予算の大元にむかしからがっちりパラサイトしている政治家や官僚どものほうをまず退治する必要がある。生物界には強大な者を小さな者が倒すしくみがあり、研究するといいのではないだろうか。

アフリカには「ライオンゴロシ」というおそろしい名のついた小さな植物がある。もともとは一〇センチぐらいの果実だがまわりに木質の固い鉤爪《かぎづめ》が何本も出ていて、これらが生育している場所に動物が入り込んでいくとたちまち脚などに鉤爪が刺さり悲劇がおきる。鉤爪にはあくどく「かえし」がついているので、ちょっとやそっとでは抜けない。動物はそういうとき反射的に歯を使うが、今度は口の中にこの鉤爪が刺さってからみつく。前脚でとろうともがけばもがくほど鉤爪はより深く肉に食い込んでいく。ライオンでさえこれにからみつかれると獲物が食べられなくなり、傷は化膿《かのう》し、水さえも飲めなくなり、しまいには狂ったようになって餓死するという。

こういうあくどい鉤爪をなぜこの果実がもっているのか調べてみると、ここにも植物の生存競争の基本があって、餓死した死体にはハイエナやハゲタカなど沢山の遺体始末屋が集まってくる。今度はそういう生物にとりついて分散し、生存エリアをひろげていくのである。アフリカのサバンナを歩いているとき、ぼくはこのライオンゴロシの実物を見つけたい、と思ってしきりに捜していたが、サバンナはいたるところにどんな動物がひそんでいるかわからないので、行動範囲がかぎられ、目的ははたせなかった。

その点、モンゴルの乾いた草原には野獣も毒蛇もいないので自由に歩ける。とくに六月あたりからモンゴル草原はみわたすかぎりお花畑のようになり、きれいなルリタマアザミやエーデルワイスなどの群生をみることができる。でも野草を食べる動物には危険が潜んでいて「バイケイソウ」に注意する必要がある。ありふれた毒草なので、食べてもたいていはちょっと腹の具合がおかしくなるくらいで命には問題ない。ただし雌の羊が妊娠して二週間目頃にこの「バイケイソウ」を食べると「ひとつ目」の子羊が生まれる比率が高い。これはモンゴルや中央アジア、北米などでいくつもの症例が出ていて、その原因も少しずつ判明している。

羊が妊娠するとすぐに胎児は成長していく。初期の頃はあらゆる臓器の胚がそれぞれ活発に成長していくが、目の胚の基本が作られるのが妊娠して二週間目頃であるらしい。そのときに「バイケイソウ」を食べると、その毒素のなにかが目の胚に影響し「ひとつ目」を作ってしまうらしいのだ。ぼくはこの話をきいて後に『ひとつ目女』という長編

SFを書いたことがある。これもまた動物と植物のせめぎあいの一種なのかもしれないのだ。

でもやさしい植物もある。

「タビビトの木」だ。バショウ科のラベナラと呼ばれる大きな植物で、バナナくらいの葉が扇のようにびっしり横に広がっていて、ひと目でその変わった形が目につき、なんだか心がなごむ。

マダガスカルで沢山目にすることができるが沖縄にもあり、オウギバショウなどと呼ばれている。この大きな葉が密集している根の近くにナイフで穴をあけるとそこから水が噴き出てくる。喉が渇いた旅人にとっては「命の水」となるわけだからこういう優しい名がつけられたのだ。けれどその水は樹根から出ているのではなく、密集した葉と葉の間にたまった雨水なので、微生物などがうんざりするほどいるからあまり衛生にはよくないのが残念だ。

梅雨空小舟流浪作戦

さあ、いよいよ梅雨だ。梅雨は鬱陶しいものと、疎んぜられることが多いが、日本の山々、森林、田畑、河川に豊富な水を供給する、台風と並んで「水国日本」を維持する「ありがたい御方」じゃなかった「ありがたい雨季」の到来なのである。

世界にはそんなふうに定期的に水の供給があるところは少なく、きまぐれな天候不順によって多くの土地は疲弊しつつあり「水」を巡ってあわや戦争、という深刻な状態になっているところも多いようだ。

水について取材しているとき、雨水利用の重要性に気づき、自宅の裏庭に大きな雨の貯水タンクを設置したが、3・11以降、東京あたりに降ってくる雨が信用できなくなってしまったから、いまはたまっている水を何も利用できずにいる。雨水は、水道の「上水」、排水溝の「下水」と比べて「中水」と呼ばれている。

アフリカの乾燥しきったブッシュとか中東のいくつかの箇所では、この「中水」だけで何万人もの命を救うことができるのだ。日本では洗濯用とか掃除用、庭の草木への散水などに使うくらいだから同じ水でもずいぶん価値が違う。

今年の雨季にぼくは久々、川の旅を考えている。カヌーの川下りだ。むかしは野田カヌー親分などとよく川を下っていた。夕刻近く中州にのりあげて、そこがキャンプ地になる。その頃にはカヌーは勿論、着ている服もびしょびしょだから、夕食の支度の前にそこらの流木を集めて焚き火《たび》をおこす。

「火」というのが「水」と同じくらい、人間の心を安心させるものだ、ということをこういう経験でいつも強烈に感じてきた。

中州のキャンプは日暮れの少なくとも一時間半前に設定するのが基本で、これが半分ぐらいの時間の余裕しかないと、どんどん日が暮れていって、暗いなかでめしを作るのはたいへんに面倒くさい。六月以降だと必ず蚊がやってくるし、焚き火の火を求めてその他いろんな虫どもが集まってくる。ランタンの灯の下でコメを研いでいると、その中に蛾《が》などが突撃してきて勝手に味つけしてくれたりして迷惑この上ない。あたりが暗くなる前に、その夜のめしの支度が終わってしまえばもうこっちのものだ。

夜半に備えてもう少し中州を歩いて流木を探し、テントのそばに引っ張ってくる。

それから、さっきからウズウズしていたアルコール時間だ。カヌー下りの場合、ビールは原則として持ってこない。嵩張《かさば》るし、カヌーに乗って下りながらビールを飲むのはいい気分のものだが、小便が問題なのだ。適当にカヌーを寄せられる場所があれば降りて小便ができるけれど、ルートによっては、このいったん上陸、というのがあんがい難しい。

以前、何人かで四万十川《しまんとがわ》を下っていたとき、一人が小便のために、ちょっとした岸にカヌーをつけた。小便をする間だから三分もかからない。本当は舳先《へさき》にくくり付けられているロープを岸のどこかにしばりつけておくものだが、奴は甘くみてそれをサボッた。そうして何かのかげんでいきなりきたあおり波で彼のカヌーは発進してしまった。岸を走っておいかけたらしいが、そんなにフルスピードで追いかけられる平らな場所などすぐになくなる。その先はかなり長い早瀬になっていて、彼は川に飛び込み、一キロぐらいの早瀬を必死に泳いで追跡した。そのときぼくたちは一足先に行っていたので、そいつが見るも哀れなヘトヘト顔でカヌーにたどりついたのを見て大笑いしたものだ。

このとき季節は八月。冷たい四万十川の水でも心臓への負担は少ないから、いまでも笑い話ですんでいる。

でも外国の氷河から流れている川の場合は危なかった。水は最初から白濁し、みるからに冷たい。仲間の一人が早瀬でどじって転倒し、カヌーにつかまったまま流された。あまりにも流れが早いので岸に寄せることができず、五キロぐらいは流されただろうか。ようやく岸にあげたとき、彼は蒼白《そうはく》な顔のままコブシでしきりに自分の胸を叩《たた》き続けていた。心臓マヒの予兆を感じていたらしいのだ。

こういうことがあるから川は油断できない。その頃、ぼくの乗っていたのは国産の木の枠に強引に防水布をはりつけたようなハリボテカヌーで、急流などは越えてはいけないようなシロモノだった。

そのあと、日本にも急速にカヌーが流行《はや》るようになり、ぼくはフェザークラフトという外国製の頑丈な組み立てパイプに丈夫なゴムびき船体のカヌーを買った。当時二十五万円した。もうどんな激流も無敵なような気がした。事実安定性がよく浮力もいいのだが、リバーツーリングのときは舳先と艫《とも》の中にかなり大きな石をいれてバラストがわりにしないと安定が悪かった。

このフェザークラフトをつかって、関東地方のいくつかの川を下った。安定のいいそのカヌーは追加バラストがわりにカンビールもかなり載せられたから、中州のキャンプもシアワセになるというものだ。

食料は、いつもコメと缶詰だった。釣りで魚をおかずにする、というのは相当な釣り名人がいたらできることで、夕方には空腹のきわみになっているおれたちは(何時《いつ》、何が釣れるのか、それが食えるのか食えないのか)何も保証のない釣りによる自給自足などまったく信用していなかった。

めしさえ炊ければこっちのもので、イワシやクジラやサバの缶詰でわしわし食うのがその夜のシアワセだった。

孟宗竹《もうそうちく》の生えている中州ではそのうちの一本を倒して手頃の大きさに切り、竹節を利用した酒の器をつくる。それを火にあてて燗《かん》をつけると竹の内側のアブラ分が酒にとけて、なんとも味わいの深い「カッポ酒」というものになるのだった。

考えてみると、こういうカヌー旅をここ十年ほどしておらず、最近はずっと海釣りキャンプばかりだった。幸い、もうとうに行方不明になってしまったぼくのフェザークラフトよりももっとすぐれた、巡洋艦のようなカヌーを借りられることになったので、それでゆったりミニ四万十川とも言われている茨城県の那珂川《なかがわ》を下りたいと考えている。

今年の後半、川を下っていきながら「人生」みたいなものに出合っていく連載小説を書きたいと思っているので、その取材がらみになる。一人で行ったほうがより思索的になるだろうけれど、十年ぶりなので何かあったとき体力が続くか、いままで考えたこともないようなことを心配するようになってしまった。梅雨の中をカッパかぶって単独流れが魅力的なのだが。

おろかなる妻

フーテンの寅《とら》さんが旅先から書いてくるハガキで妹の「さくら」を「おろかなる妹」と呼ぶのが好きで、最近ぼくはわがつれ合いのことを「おろかなる妻」と書くことにしている。あっちはおそらくもっと前からもっと強くこちらをそう思っているだろうから、こういうところにどんどんたくさん書いてしまったほうが勝ちなのだ。

今日は渋谷で映画関係のイベントがあって、そのあと新刊の打ち合わせ仕事があり、ビールだけ飲んで何も食わずに帰宅した。六月から七月、「おろかなる妻」はチベットに行っているので、空腹であっても自宅には何も食い物は用意されていない。打ち合わせの酒場で何か食っておけばよかったのだが、そうなると滞在時間が長くなるだろうから注文しなかった。早く帰ってプロ野球の「セ・パ交流戦」を見ながらビールの続きを飲みたかったのだ。

そうしてタクシーとばして帰ったのだが二試合しかやっていなくて、どちらもすでに大差がついていてつまらない。カンビールをたて続けに飲んでいるうちに試合はどうということもなく終わってしまった。当然まだ空腹である。本当につまらない試合で、この梅雨空の下、わざわざあんなのを見にいっている「おろかなる観客」よりはおれっちのほうがまだいいな、とみずからを慰めた。

もう九時半になっているけれど五分も歩けば各種食い物屋さんがあるので、そこへ行ってさっさと何か食えばいいのだが、雨のなかを出ていくとこっちも「おろかなる空腹人」になってしまう。

この頃、あきらかに野菜不足なので、自分で作ることにした。こういうときにぼくが作れるのは肉なしの和風野菜カレーで、わりあい簡単にできる。作るのも楽しい。しばらく一人身だから保存食として大きな鍋にいっぱい作ることにした。しかしそうなると製作に時間がかかる。たぶん最短一時間はかかるだろう。それから食うのでは消化に悪いからこの作戦はよくないな、と思いつつ、すでにジャガイモとタマネギは切ってしまった。こうなったらあとはニンジンを切るしかない。肉がわりに油揚げを小さく切っていれる。ゆっくり煮込むのが好きだ。

出来上がったのはやはり十一時すぎで、作戦としては「カレーうどん」がいいな、と思っていたのだがそれを食ってしまうと十二時ぐらいまでは寝られない。原稿仕事をするにはもはやビールが効いていてやる気はない。これはいかにも「おろかなる行動」であった。

そこで「カレーうどん」を食ったあとテレビを見ていることにした。映画をやっていて、なんだかわからないのだが、ハリウッド製のやたら巨大なものがぶっこわれたり意味なく猛スピードのカーチェイスなどが繰り返される相変わらずアメリカ的「オバカ映画」だったが、ほかに見るべきものもないので結局それを見てしまった。

思ったとおり当然見おわってもなにも残らない「おろか」を通り越して「猛バカ映画」だったが、夜中の「カレーうどん」を消化するためにそれを見ている自分はもっとその上をいくバカなんだろうなあ、ということがわかってなんだか安心した。

そういえば、その日は渋谷の小さな映画館で「チベット映画祭」のようなものが行われ、ぼくはそこで三人の公開座談会のようなものに参加していたのだ。そしてそこで見たチベットの映画のほうがはるかに高尚だった。当然チベット文化に触れる話となった。ぼくは「おろかなる妻」に連れられて嫌々ながら（高山病が面倒）チベットに三回行っているので、そのおりに感じたことを話した。

チベットに行っていろんな人と知り合いになり、いろんな家族らと会って親しくなっていくにつれて一番「感心」したのはかれらの超ドライ感覚だった。

もともとチベットは太陽の国で、乾燥しており、その日の朝も「おろかなる妻」から電話があり、夏みたいに暑い、と言っていた。梅雨の日本のじめじめ感は国民性にも関係してくるのだろうな。

チベット人は何度も「離婚」している人が非常に多い。同時に何度も「再婚」している。二年前にいた奥さんと違う人を連れているので聞いてみると離婚し、すぐ再婚した、なんていともあっさり言う。

彼らの結婚観、および夫婦観というのはこういうものだ。

「一緒に暮らしているのだから楽しくなければ意味がない。しかし必ずしもずっとそうはいかない。互いに相手が嫌になって、それでも我慢して〝夫婦〟を続けていくのは虚《むな》しいし苦痛だ。ならば一刻も早く別れてもっといいヒトと再婚し、楽しい生活にしたほうがお互いにいい」

まあ簡単にいうと、そういう「結婚観」「幸福観」「倫理観」にもとづいて、双方きわめてあっさりと別れ、双方きわめてあっさりと再婚していくのだ。だから離婚四回、結婚五回目、なんていうヒトがざらにいる。

これが日本だと、互いの親戚同士がからんでの世間体とか、勤め先にもたらす悪影響とか、子供のためとか、慰謝料とか養育費とか財産分与とかなんとかいろんなしがらみがあって離婚までには踏み切れず、互いに我慢して嫌々ながら、いわゆる仮面夫婦で残りの余生を「仕方なく」生きていく、なんていう夫婦が非常に多いようだ。

チベット人は、それを「人生の時間の無駄」「おろかな我慢」というふうにとらえていて、ひじょうにわかりやすい。

それだからか、彼らの結婚式もたいへん面白い。まず、やたら沢山の人が出席する。安い会費制だから出される料理もサケも質素なものだ。でも安い会費だから誰も文句はいわない。御祝儀なんてものもない。平均的な結婚式でだいたい五百人ぐらい集まるらしい。公民館のような公的な会場をつかうのだ。

なんでそんなに大勢のヒトがくるかというと、新郎新婦の友人のそのまた友人の兄弟のその友人のおばさんの友達の両親のその友達なんていうふうに、つまりは結婚する両人に全然関係ない人までいっぱいやってくるからなのだ。

で、さらに凄いのはそれらの人々は式場で麻雀《マージャン》をする。百卓もあれば四百人が楽しめるというわけだ。じっさい少し前にそういう結婚式をやったチベット人に聞いたのだが「祝辞」などというものもないそうだ。

そうして驚くべきことにむかしはそれを一週間は続けたという。仕事があるからたぶん夜だけの開催なのだろう。あまりにもおかしいのだがチベットにはそういうコトがいっぱいある。わが「おろかなる妻」はそういう土地を今日も旅をして「おろか」に磨きをかけているのである。

アジアンパワー

その国の文化的成熟度、「民度」とおきかえていいかもしれないが、それを測るめやすのひとつに自動車のクラクションがある。

アジアの途上国などにいくと道行くクルマがやたらにクラクションを鳴らす国がかなりある。鳴らすのが楽しくてならない、とでもいうように絶えずパンパカパンパカやっている国は、ドライバーの連鎖反応を呼んで、たいした理由もないのにみんな鳴らすので無意味にけたたましい。

あまりにいたるところでパンパカやるので、どのクルマがどんな理由で鳴らしているのかまるで見当がつかなかったりする。したがって本当に危ないときに役に立たなかったりするからやっかいだ。

簡単に「走る殺人凶器」になる自動車というものを使うにはまだ交通道徳や基本的マナーができていない、ということをそのパンパカであらわしているのかもしれない。子供に危険なおもちゃを与えてしまった、というような気もする。

インドの雑踏など、クルマとリキシャと荷物満載のリヤカーと自転車とヒトとウシが完全にヒトカタマリになってわさわさ動いている状態で、蒸し暑くて黙って立っていても全身から汗が噴き出てくる状態のなかで、ナミの神経では昏倒《こんとう》してしまいそうだ。

全体が発散するエネルギーがとにかくものすごい。道全体がいろんなもので「詰まっている」のだからクラクションを鳴らしてもどうしようもないのだが、それでもほぼ全部のクルマが鳴らしている。全員が神経異常になっているようにも思える。熱気と苛立《いらだ》たしさで逆上し、ナイフを振り回してあばれまくる奴が出てもおかしくないように思うのだが、そこまではいかず、むしろたいした混雑でもないのにちょっと肩が触れただけでナイフで人を刺してしまう日本のほうがずっと異常だったりする。

ベトナムの道はバイクが主役で、三、四人乗りはあたりまえ。後ろに乗っている子供三人、いちばん後ろのおかあちゃんのおんぶしている背中の赤ちゃんと運転している父ちゃんの股のあいだにうずくまっている幼児までいれると六〜八人ぐらい乗っているような五〇ccバイクが密集状態で走ってくる。

「密集バイクの流れる川」がベトナムの道路だ。ところどころにクルマが走っている。遠くからみると浅草《あさくさ》の「三社祭《さんじやまつり》」を連想したりする。クルマは大勢の人間の上をゆらゆらゆれながらやってくる神輿《みこし》のよう。

信号が少ないのでこの道を横断するのは命がけのようだが、極意を聞くと簡単なのだ。「左右を絶対見ないで確信に満ちていきなり歩きだせ」という〝教え〟だ。そうすれば走ってくるバイクが自動的にスピードを落としたり進路を変えたりして通してくれる。

道端で困惑してずっと立ち止まっていると一生そこに立っていなければならない。

ミャンマーは五〇メートルぐらい先の田舎道を歩く人や自転車にも後ろからクラクションを鳴らす。あまりにも執拗《しつよう》なので居眠りもしていられず、なんでそんなにひっきりなしに鳴らすのか聞いたことがある。するとこの国ではどんな理由でもクルマがヒトを轢《ひ》いたら懲役七年、と法律で決まっているのだという。それじゃあ仕方がないかと納得したものだ。

中国はちょっと横道から幹線道路に入ろうとするクルマを絶対いれない、という行為に代表される「意地の悪さ」でつらぬかれている。幹線道路では意味のない先陣争いが行われ、歩いている人には脅しのクラクションが鳴らされる。ときにはいきなり逆走してくるから油断できない。日本の感覚では考えられないが歩いている人がそういう違法逆走クルマに激しいクラクションで脅されたりするからわけがわからない。

中国の田舎をつらぬく高速道路を行くと、ときおりヒトがヒョコヒョコ横断していたりする。近くに住んでいるヒトがそこをわたれば近道だから、というので土手を上り柵を乗り越えて横断しているのだ。地方の住民には高速道路の意味がよくわかっていないらしい。

空港やレストランなどであたりかまわず大声を出すのも国民性にからむようで、ぼくの感覚でいうと「中国、韓国、日本」がアジア大声ビッグ3のような気がする。そのなかでも中国人のけたたましさは群を抜いている。あれがそれぞれ「我こそが世界の中心」という「中華思想」のわかりやすいあらわれなのだろうか。

とくに集団になると異様なくらい全員で叫びまくる。アジア大声三カ国のなかではゆるぎない第一位だ。韓国人も国民的な気の強さがあの大声の基本になっているような気がする。日本人の大声は幼稚性が関係しているような気がする。よく外国のレストランなどで欧米人が十人ぐらいいるのにどうしてこんなに静かなのだろう、とびっくりする事がある。同席したテーブルのまわりのヒトに聞こえる程度の声の出し方のマナーがちゃんとなされていることのあらわれだろうけれど。

日本では居酒屋に最近やたら多くなった女たちが騒がしい。酒に酔って叫びまくる。若い女の頭のてっぺんから飛び出てくるような叫び声の連続はこっちの殺意にもつながりそうだ。大声民族というのはどっちにしてもカッコ悪い。

もうひとつは「行列」だ。これは日本が第一位のような気がする。行列好きの国民性というのがあるようだ。ちょっと話題になったり、マスコミで紹介された店などに躊《ちゅう》躇《ちょ》なく並ぶ。ラーメン屋に代表されるおなじみの忍耐強い行列は日本ぐらいのものだろう。世界にも日本のラーメン的な国民料理があって、うまいと言われる店は常に満員になるが、日本のような行列はめったに見ない。唯一記憶にあるのはまだソ連といった頃のロシアで、いたるところで行列を見た。まだ国家全体がモノ不足、食料不足で、なにか売り出しがあると行列ができ、行列を見つけた人はとにかくそこに並び、前の人に「何を売っているの？」と聞くのだ。

ジーンズのゲリラ販売の行列を見たが、サイズなど関係なくどんどん買っていく。そうしてその隣でみんなが輪になって自分の買ったジーンズのサイズを言いあい、交換しているのだった。ああいうせっぱ詰まった行列は見ていて感動的だが、日本人の、ドーナツ屋にまで行列を作ってしまう「アリさん的行動」は世界にもあまり類がないようだ。

もっとも中国人は行列というのをなかなかつくれない。みんな我先になるので常にダンゴ状態になってしまうのだ。強制的に行列を作らされると、横入りがいるので前の人の背に後ろの人が腹をくっつけ、押せ押せのムカデ状態になる。アジアンパワーという意味で中国はダントツ総合第一位ということになるようだ。

キンキンでいいのか!

ある温泉から出たところにポスターがあっていかにもうまそうな生ビールの写真だ。そばに「キンキンに冷えたビールあります」とのキャッチコピー。

よく見る構図だがこれはいかにもそそる。なにしろ温泉から出た正面ですからね。早く自分の部屋にいって濡《ぬ》れタオルおいて、その夜の小さな宴会場にいかねばと気がせく。

しかしフト考えた。

「キンキンに冷えたとはどう冷えた状態なのか」。そもそもキンキンとは何か。

むかしからそういう言い方があったのだろうか。はっきりした確証はないが、むかしはもう少し平坦《へいたん》な、おだやかで分かりやすい表現だったような気がする。

「よく冷えたビールあります」

「冷たーいビールいかがですか」

ぐらいのものだったような気がする。それがいつのまにか「キンキン」に征服されてしまった。「キンキン」とはいつごろ現れたのだろうか。さらに「キンキン」とはどのような冷え具合なのであろうか。

むかしきんさんぎんさんという長寿のおばあちゃんがいたけれど、それとは関係ないですね。キンキンに冷えたおばあちゃんを飲んではいけません。

キンキンは「カ行」の出である。

一族にカンカン、クンクン、ケンケン、コンコンがいる。なるほどどれもつめたそうではない。クンクンに冷えたビールなんて、犬じゃないんだから匂いじゃわからない。

「コンコン」にいささか冷えたビールの名残りがある。むかし瓶ビールの王冠をあけるとき、おとうさんはセンヌキで王冠をコンコン叩いた。叩いた理由は歴代の謎となり、いまだに国民全部が納得する説明はなされていない。

あれをやると「王冠」が開けやすくなる、という説があった。でもよほどねじまがったセンヌキなどでないかぎりあれをあけるのはそんなに難しいことではなかった。

「コンコンはビールにたいするノックである」

という説を唱えるヒトがいて一部で賛同を得た。ビールを飲むということは、それだけの敬意を払う必要がある、という尊い教えであった。しかしカンビール時代になるとこの「コンコン」の儀式はなくなってしまった。第一センヌキがいらないから何を握って「コンコン」していいかわからない。カンビールだって瓶ビールと同じビールだ。

「ビール敬意説」はここで消滅した。時代の流れというのはおそろしい。

隣の「サ行」は、サンサン、シンシン、スンスン、センセン、ソンソンとなり、このうち一族代表として出場できそうなのは「シンシン」ぐらいである。

「シンシンと冷えた」などはわりあいよく使われる。しかしこの場合はあたり一面がそっくり冷えてしまっていて、格別ビールだけが主張されているわけではない。むしろ「シンシンと冷えた夜には冷たいビールは飲みたくない。熱燗のほうがいいすね、私」というヒトが多いような気がする。

その隣の「タ行」一族は、タンタン、チンチン、ツンツン、テンテン、トントンで、大工か昔の鍛冶屋《かじや》を連想する。鍛冶屋は暑い。そのうち一番熱そうなのが「チンチン」で、これは冬の寒い夜に鉄瓶で沸騰しているお湯がまずいちばんに連想される。表現がちと難しいが、人間についているチンチンもいざというときは冷えているよりも熱いほうが好感をもたれるような気がする。このへんは個人の好みがあるのでいちがいには言えないが。

次の「ナ行」はナンナン、ニンニン、ヌンヌン、ネンネン、ノンノンとなっておまえらいったい何をやってんねん、となってどれも使い物にならないようだ。なにかみんなぬいぐるみの人形につけられた愛称のようで全体に暑苦しいですな。

「ハ行」一族はどういう考えをもっているか。

ハンハン、ヒンヒン、フンフン、ヘンヘン、ホンホンでこっちもわけがわからない。

「フンフンに冷えたビールあります」

とポスターに書いてあって誰が急ぎ足になりますか。「おれヘンヘンぐらいのビールが大好きなの」という奴がいたらヘンタイだ。

「マ行」にいこう。

マンマン、ミンミン、ムンムン、メンメン、モンモン。

ああ、こりゃ駄目だ。どれをとっても湿度一〇〇パーセント。ムンムンなんて目もあてられない。モンモンは「悶々《もんもん》」をじかに連想するから真夏の正午にムンムンの部屋にモンモンがいて外でセミがミンミンしつこく鳴いている、という状況を考えてみましょう。殺人事件がおこりそうだ。そうか、こういう部屋に一時間ほど閉じ込めておいて、部屋の外にキンキンまでいかない「キン」ぐらいの冷えかげんのビールを置いておいたら効果はあるかもしれない。

「ヤ行」はどうなっているのか。

ヤンヤン、インイン、ユンユン、エンエン、ヨンヨンで、その後半は何が悲しいのか殆ど泣いている。これでは使い物になりませんな。その隣は「ラ行」だ。

ランラン、リンリン、ルンルン、レンレン、ロンロン。

なにかみんな楽しそうですなあ。全部ちょっとバカっぽいけど。小さい女の子のお人形の愛称につけられている率が高いような気がする。おお、ここにパンダがいましたな。

でもって最後は「ン」だ。ンンンン。わけがわからない。

このように子細に見ていくとよく冷えたビールは「キンキン」しかないようである。

なんか敗北感があるのだが、こんな軽い言いまわしで本当にいいのだろうか。

発想を変えよう。

そうだ！「キリキリ」という表現があるではないか。「キリキリに冷えたビールあります」

キンキンより知的に引き締まって見える。顔はやや面長で、髪はひっつめ。言葉尻がはっきりしている。親の教育がよかったのだ。三ツ指ついて、温泉からあがったところでかしこまって言われてごらんなさい。

「キンキンに冷えたビールなんかあったりなかったりしてキヒヒヒ」なんて子供みたいなおねーちゃんに言われるよりはよほどうまそうではないか。

「キリキリに冷えたビールお飲みになりますか？」

「ハイハイ。お飲みます、じゃなかった、飲みます。いま飲みます。すぐ飲みます」

多くのおとうさんは濡れタオルなんかそこらに捨てて宴会場にそのまま走ります。

志ん朝さんの黄金時間

『サンデー毎日』の珠玉コラム、中野翠《なかのみどり》お姐《ねえ》さんの七月一日号を見て「おっ！」となった。

古今亭《ここんてい》志《し》ん朝《ちょう》の大須《おおす》演芸場の完全録音版が出た、という話がピカピカしていた。以前から名古屋のこの演芸場には志ん朝さんが十年の長きにわたって定期的に高座に上がっていて、そのオリジナル音源があると聞いていた。ああ、そういうのが発売されたらいいなあ、と思っていたら、もうちゃんと函《はこ》入りの立派なやつが河出書房新社から出ているという情報ではないか。その日のうちに注文し、二日後に手に入れた。

わあ、大きい。ここには五十九の演目が収録されている。ぼくはそれ以前のまだカセットテープの頃の志ん朝全集版からニッポンクラウンのCD全集、ポニーキャニオンの全集、ソニーのCD倶楽部名作選など、ことごとく買ってきたので、今回のこの演目の八割ぐらいはダブル、トリプル状態ですでに持っていたのだが、まだ手に入れていない演目も七つほど入っている。けっこう高い全集だが、これはタカラモノなので躊躇はしなかった。

で、時間を作ってまだ聴いていない演目からどんどん聴きはじめていったのだが、東京の寄席やホール落語、あるいはラジオでの噺《はなし》とは、同じ演目でも全体的に時間をゆったりとってあり、さらに枕（導入話）の殆どが全部この大須演芸場という名古屋の土地を意識して、地元の風物もふんだんに入れてかなり自由に語っているのでそれだけでもおっきい価値があった。

資料を読むと、この高座は一門の弟子や、いろもの（踊りや手品、物真似《ものまね》など）の前座が豊富にあって、しかも志ん朝さんは一日で二つほどの噺をしている。それが三夜連続になっているのだから六つの演目だ。まったく贅沢《ぜいたく》なしつらえだったのだ。一回の興行につき三日も同じ土地にいるわけだから志ん朝さんは昼のあいだ名古屋周辺をよく散歩していたようだ。そこで見聞きしたことをその夜の枕で語っているのだから、全部レアものであり、この全集が出なかったらずっと聴けなかった枕ばかりだ。

この頃、志ん朝さんは高座に上がるのが憂鬱だった、と何かの本で読んだ。でもホームベースの東京の寄席とちがって旅先での高座、というリラックス感があったのか、かなり本音のハナシなども枕にはいっぱいあって、いやはやこの全集には至福の時間がいっぱい詰まっている。

とくに嬉《うれ》しかったのはぼくの好きな「今戸《いまど》の狐《きつね》」だった。これはその業界の隠語、符丁などがキーワードになっている噺だが、賭博用語のくわしい説明から噺家のワリ（給金の分配）などの仕組みを今回はじめて知った。志ん朝さんも「たまにはこういうことを知ってもらってもいいでしょう」などと言っていたから異例なのかもしれない。そんなこんなで枕だけで十分以上ある。

全体で約五十二分も語っているから、いままで聞いてきた同じ演目よりはるかに噺が濃密で、状況的に考えて志ん朝さんが一番体調のよかったときらしく、噺の中に出てくる前座の気の弱そうな噺家のタマゴ、貫禄《かんろく》と品格のある初代の三笑亭可楽《さんしょうていからく》、ドジだがそれでも十分凄味のある江戸ヤクザの口調、いろっぽい長屋のおかみさんなど、出てくる人物の描写があざやかで、目をつぶって聴いていると頭のなかでそれらの人々が爽やかに動きだしているのだった。いやはや名人の芸というのはおそろしいくらいだ。

「居残り佐平次《さへいじ》」はちょっと録音の音が悪いけれど、これもじっくり時間をかけて語っているので、遊廓《ゆうかく》の豪気な客から文無しの居残り（金を払えないためその代償として下働きをする）であることがバレていく過程など丁寧に語られていて、似たような遊廓文無し客噺「付き馬」同様、客と遊廓の若い衆との微妙に変化していく立場の描写が非常に明快で、そのために笑いの奥が深い。

志ん朝さんの噺を聴いていると、どうしてもこれらの落語の遊廓噺をいろいろ取り入れた川島雄三《かわしまゆうぞう》の映画『幕末太陽傳《でん》』のあちこちの場面が頭に浮かんできてしまい、噺を聴いたあとこの前、衛星放送で放映したこの映画のＤＶＤをひっぱりだして、夜更けの二時頃から朝までかけて見てしまった。

ところで余談だが、このCDをあっちこっちで聴くために久しぶりにCDウォークマンを買ったのだが、これが使う直前に壊れてしまった。有名なメーカーのものなのでびっくりした。簡単な故障らしいが、シロウトには直せない。早く聴きたい、と気が焦るのでもうひとつ新しい別のメーカーのを買った。

けれど、むかし使っていた外部の雑音を消してしまうスグレモノのヘッドフォンの耳にあたるやわらかい部分が劣化していて、表皮がベトベト剝がれて使いものにならないので、これもあらたに買った。けっこう高く三万円もする。CD再生装置よりはるかに高いのだ。そんなこんなで、いろいろ予期せぬ出費のもとにやっと寝るときに聴けたわけだ。

ぼくの部屋にはそのむかし揃《そろ》えたかなりグレードの高いオーディオシステムがあって、それで聴くこともできるのだが、音源が悪いと、再生装置の性能がいいぶん、アラが目立ってしまって聴いていると疲れる。やはり落語は耳元で一人で聴いているほうが実感がでるのだ。しかしモノゴトというのはいろいろ連鎖反応をおこすもので、自室にある性能のいいオーディオシステムを久しぶりに作動させたら、真空管時代のやわらかく音域の幅の広いスケールの大きな音が再現される。ひところよくそれで音楽を聴いていたのだが、ああいうのは習慣性があって、聴かなくなるとほうっておいてしまうものだ。

しかし何かの本で、もうそのオーディオ装置は手に入らなくなっている、ということを知り、今のうちにいい曲を聴いておかねば、というコトに気がついた。言うと笑われるのだが、ぼくはけっこうバッハが好きで、あのすきとおった管弦楽を低い音で聴きながら夜更けにひとりサケに酔っていくのが好きだ。それからアンドレ・ギャニオンのピアノを主体にした静かな曲が好きで、むかしモンゴルを舞台にして作った劇映画（『白い馬』）の音楽をギャニオンさんに頼んだくらいなのだ。

それで、ひさしぶりにそれを聴いているうちに懐かしいいくつかの「映画音楽」が頭にちらつき、急に『アラビアのロレンス』のサウンドトラック盤を改めてじっくり聴きたくなった。そう思うと、この世の中、ぼんやりしているといいものがどんどんなくなっていくので、いま手に入るのだろうか、と焦りながら昨日、事務所のスタッフに買えるかどうか調べてもらったところだ。

3 夏のおわりの焚き火の前で

我、光合成人間となりて

七月六日、溜池《ためいけ》のサントリーホールで山下洋輔《やましたようすけ》さんのコンサートがあった。総勢二十人近くがステージに並ぶ「ヨースケ、スペシャルビッグバンド」による「ボレロ」「展覧会の絵」という豪華絢爛《ごうかけんらん》プログラムだ。これは素晴らしかった。洋輔さんは白い上下スーツがバシッと似合っている。満員の観客。コンサートっていいものだなあ。

その日は強い雨が降っていたが、終わって外に出ると静かな雨、というシチュエーションも味方して、久しぶりに高級な夜であった。

雨は次の日も続き、ぼくは自宅で原稿を書いていた。その夜、このところ続いている睡眠障害、つまり「不眠症」がからんでいたのだろう、受験生のように机に突っ伏したまま寝てしまった。窓を開け放っていて雨に絡んだ冷たい風にさらされたままの「疲れる」眠りかたである。そこでたぶん体力消耗の開始。その翌日から「もしかしたら梅雨明けか！」と思うようなギラギラの暑い日がやってきた。

そういう暑い日がたて続けだったつい先日、クーラーのよく効いた居酒屋で二時間ほど打ち合わせをしていた。

ふだんはなにか必ずサケを飲んでいる馴染《なじ》みの居酒屋で、冷たいウーロン茶など飲みながらの話し合い、というシチュエーションもよくなかったのかもしれない。その日の夕方から具合が悪くなった。どうも風邪らしい。むかしから寒がりで、クーラーのような人工的な「寒さ」に弱い。歳《とし》のわりには体の「温度センサー」が敏感、というふうに受け取っていただきたい。

さて、しかし困った。翌日は「つり雑誌」の取材があり、三浦《みうら》半島の先端あたりの漁港に早朝五時に行かなければならない。もちろんクルマで行くから新宿を三時に出ることになっていた。それには午前二時半に起きねばならない。風邪薬と栄養剤を口にするだけで食欲はない。十時には寝た。

その時計がひとまわりして午前十一時ぐらいまで寝ていられたらどんなにシアワセだろう、と思いながらも無情に鳴り響く目覚まし時計の音で目をさます。体は重く、喉が痛くなっていた。どうやら確実に最悪の方向にむかっているようだ。熱っぽいけれどわざと体温は測らなかった。その日行かなければ「つり雑誌」に連載している原稿の締め切りに間に合わなくなる。しかも港にチャーターしてある釣り船には仲間たちが待っている。さらにぼくも新宿近くで二人の仲間をクルマに乗せていくことになっているのだ。熱が四〇度あってもいかねばの娘だ（山下洋輔用語のパクリ）。だからわざと体温を知らないでいることにした。

ノソノソ支度をして二時半に家を出た。非常に早い朝なのか、とりわけ深い真夜中というべき時間なのか判断が難しい。目的地まで九十分かかる、とカーナビが教えてくれた。フト、燃料メーターを見たら、ありゃ！　殆《ほとん》どゼロだ。

新宿近辺にいるいま、深夜やっているガソリンスタンドをさがさなければならない。途中で若い友人を乗せた。そういうガソリンスタンドを調べる方法はないか、と聞いたら彼は携帯電話をカシャカシャやって、あっという間に見つけてくれた。若い人のハイテク対応能力はやはりすごいものだ。ガソリンをマンタンにして、もうひとりの待っている新宿三丁目にむかった。そのあたりでぼくの体の調子はずんずん音をたてるようにして悪化していった。

三丁目で乗せる仲間は居酒屋の経営者で、そのくらいまで店をあけているから、もうたくさん酒を飲んでいる可能性が大きい。携帯電話カシャカシャの若い友人は運転免許がない。時間どおり居酒屋経営者が待っていた。すぐに聞いた。

「飲んでる？　酔っている？」

「いや、今日は飲んでないんですよ」

おお。その返事は神の声に聞こえた。

「運転免許証持ってきたよね」

確かめたあと、ぼくは後部座席にへたりこんだ。やれうれしや。持ってきた大きなフィールドパーカーにくるまってぼくは目をつぶった。そのまま深く眠ってしまったらしい。

気がつくと、明るくなりつつある港近くを走っていた。薬が効いてきたのか気分はいくらかましだ。しかしまもなく船に乗ってどこかに売られて、じゃなかった揺られていくのだ。同じ揺られるならこのままあと十五時間、クルマの後部座席で揺られていたい。

しかし無情にも五時少し前にチャーター漁船の前に到着してしまった。もういつもの「雑魚釣り隊」のメンバーが集まっていた。みんな元気そうだ。いいなあ。

「やや絶不調です」

作家としては曖昧な表現をしながら船首のほうに乗り込んだ。今日はイナダの群れが集まっている、という情報だ。ブリの若いやつである。港の外に出てみると、朝もやが濃く太陽の場所が明確にはわからない。寒くもなく暑くもないらしいが、ぼくの体はセンサーが壊れてしまったらしく、ただもうぐったりしている。この船に乗り込んだ仲間たちが釣っているところを見ているだけでも連載原稿は書ける。なんと責任感の強いモノカキなのだ。

船が動きだすと振動がここちよくてまたいくらか寝てしまった。もう十五時間ほどそのまま寝ていたい、と思ったところで、釣り場に着いた。ほかにもイナダを狙っている釣り船がざっと三十隻、ほぼ同じ場所に集まってきている。まるでむかしの海戦みたいだ。

ここの海域では釣り時間のキマリがあって、五時三十分から十二時三十分までが竿《さお》をだしていい時間であった。

現場についてみんなせわしなく仕掛けの準備をしていると、寝ているわけにはいかなくなった。この海の中にイナダがわさわさいって待っているのかと思うと、こうしてはいられない、という気持ちのほうが勝ってくる。

気がつくとぼくは五〇センチぐらいのイナダを釣りあげていた。ものすごく威勢のいい魚だ。この魚の元気にまけてはいられない。そのあたりで太陽がもやから顔をだした。海風がとまっているので相当に蒸し暑いがへこたれている間もなく一匹釣ると二匹目が欲しくなる。

気がつくとパーカーなど「バーカー」といって脱ぎ捨て、竿をふりまわしていた。仲間もみんなバシバシ釣っている。鯛《たい》やサバなどもかかってくる。ちょっと場所を移動すると次は四〇センチぐらいの銀色をしたでかいアジだ。持ってきた水を沢山のみ、ハダカになって太陽にあたっているうちにぼくはどんどん元気になっていった。「このヒトは光合成しているんだ」。みんながぼくを見てそう言った。帰りは全快していた。なんなんだ、この体は！

小さな異次元的旅行

東京が猛暑から一転して涼しいというか、状況によってはうすら寒くなってしまった七月の週末、ぼくは仕事で会津田島《あいづたじま》というところに行かねばならなかった。

福島の奥会津には知り合いがたくさんいるので年に二回は行くのだが、南会津にある下郷町《しもごうまち》に行くのははじめてだった。そこで「とうほく街道会議」というシンポジウムが催され、そのゲストに招かれたのだ。義理である。

会津にはいつもクルマを運転して行く。東京から五、六時間。渋滞がなければ快適なドライブだ。山に入っていくので緑と青空の風景を楽しみながら運転して行ける。

しかしその日は考えてしまった。ある文学賞の選考委員会が迫ってきており五百枚ほどの小説をあと二本読まなければならない。

だから電車で行くことにした。

しかし、東北新幹線で行けるかと思ったらそうではなかった。東武鉄道のほうが近いのだ。東京に住んでいながらなかなか乗らない路線だ。出発駅は浅草である。ふーん、そうだったのか。ある種の旅情を感じる。

日頃、地下鉄に乗らないので、新宿から浅草に行く地下鉄路線がうまくわからず、浅草までタクシーをつかってしまった。だらしがない。もうひとつ、家を出る前に迷った。どんな服装をしていけばいいのか。東京でその朝なんと一二度だという。会津の山のなかはもっと寒いかもしれない。かといってコートはちと大袈裟《おおげさ》すぎるだろう。Tシャツにワイシャツ、それにジャケットを着た。秋の恰好《かっこう》だ。一二日前に灼《しゃく》熱《ねつ》のイリオモテ島でダラダラ汗をかいていたのが遠いむかしのようだ。

とにかくそれで慣れない浅草駅に突入。特急「きぬ」に乗った。東京の電車はまわりの気温と関係なく冷たすぎる冷房がかかっていることがよくあるが、さすがにその日はゆるい冷風程度だった。ま、ほんとは冷風もいらないんだけどね。

浅草を出るとすぐにスカイツリーが見えてくる。そこでわかったのだが、この路線はすべての車内アナウンスが「日本語」「中国語」「韓国語」で案内されるのだ。JRでもまだやっていない国際対応だ。そういえば少し前に浅草仲見世《なかみせ》を取材する仕事があり、そこにはいろんな外国人が歩いているのを確認した。おそらく日本でいま一番世界各国の外国人が集まっているのが「浅草」だろう。とその取材ルポに書いたばかりだった。

国際都市「浅草」のシンボルがスカイツリーということになるのだろう。その巨大なローソク型をした塔のほぼ真下を東武特急は行く。

ぼくは五百枚の新人の小説を読みはじめた。往復で読んでしまう予定である。車内には軽いハイキング支度をしたおばちゃんやおじさんの中高年グループが圧倒的に多い。

みんな嬉《うれ》しそうだ。おばちゃんは座席についたとたんにいろんな包みをあけてお菓子なんかだし、おじさんはカンビールをプチンとあける。いいなあ。土曜日だったが六割ぐらいの乗客率だ。

スカイツリーを真下から見て、ぼくは仕事の読書に入った。ただの小説ではなく、ファンタジー系の文学賞なので、どんな話になるかタイトルを見ただけでは見当もつかない。しかしその賞の受賞者はプロ作家になっていく確率が非常に高いことで有名だ。だから大傑作かもしれないし、ぼくの理解能力ではなんだかまったくわからない評価不能の作品かもしれない。こういうものを読む環境、というのも作品の理解度に関係してくる可能性がある。果たして東武特急にこの作品の感性はどう対応していくだろうか。二時間ほどで鬼怒川《きぬがわ》温泉駅に着き、そこから普通快速電車に乗り換える。乗り換えというのは慣れない路線だと緊張する。約三十分の待ち合わせ。

気温は東京よりも下がっていた。ホームを吹き抜けていく風が冷たい。本気でコートを持ってくればよかった、と思った。このままさらに山のほうに行くとどうなるのか。まさか雪はもうないだろうが、雨でも降ってきたらかなり辛《つら》くなるのだろう。なんちゅう異常な夏なのだ。楽しい楽しいランランランのおじさんおばちゃんのグループは全員鬼怒川温泉駅で降りていった。日光《にっこう》や尾瀬《おぜ》にも近いここがすべての観光拠点になるのだな、と旅人は理解する。

やがてやってきた普通快速のなかは暖かい。やれうれしや。今度は終点までだから気は楽だ。面白いんだかそうでもないんだか三分の一ではまだわからない小説をさらに読み続ける。書き手は女性で、登場人物の名前が凝りすぎていて、これはいったいどこの国が舞台になっている話なのかまだわからない。だんだん若い人の小説を読むのが辛くなっているようだ。しかし読み続けているうちにとんでもない発想や展開に出合ったりするので油断はできないのである。

一時間十五分で会津田島駅に着いた。びっくりした。外は何時《いつ》の間にか快晴になっており、遠くの山々の緑が美しい。雲ひとつないまっさおな空。ファンタジー小説を読んでいるうちに異次元空間に入り込んでしまったかと思うくらい東京とは別の風が吹いていた。迎えに来てくれた人に「朝からこんなにいい天気なんですか？」と聞くと「そうです」とやはり異次元的な返事。着ていたジャケットをたちまち脱いだ。コートなんか持ってこなくてよかった。YシャツもでTシャツ一枚になりたいくらいだが、これからやるシンポジウムには行政のエライさんがいっぱいいるそうだからそこまでは脱げない。

下郷町に来るのは初めてかと思っていたが、迎えに来てくれた人がぼくの著作を読んでいてむかし「大内宿《おおうちじゅく》」に来ていることを教えてくれ、そこも下郷町なのであった。だから正確には二回目の訪問なのだが、前回は全部クルマで動いていたのでそのことに気がつかなかったのだ。

約二時間でシンポジウムは終了。ぼくを招いてくれた奥会津の沢山の知り合いが会場に来ていて、これできっちり義理と礼儀は果たせたのであった。

クルマでまた会津田島駅まで送ってもらい、今度は来たときとそっくり逆に帰るのだ。普通快速に乗り、鬼怒川温泉駅で特急に乗り換えるのだが、そこでチケットを真剣に見たら、なんと鬼怒川温泉駅での特急乗り換えは「一分」しか余裕がないのである。

あややや。まごついて乗れなかったらわが人生はどうなるのだ。そのとき丁度車掌さんが車内改札に来たのでそのコトを聞くと「大丈夫ですよ。乗り換える特急は、降りたホームの向かい側にとまっていますから」

ああよかった。鬼怒川温泉からまた大勢のおじさんおばちゃん集団が乗ってきそうだったから五百枚小説を読むピッチを上げた。

熱帯夜の眠りかた

この熱帯夜、みんなどうやって寝ているのだろう？　夜毎《よごと》に思う。

東京の西、新宿からタクシーで十分ぐらいのところに住んでいる今、ここがこれまでのわが人生のうちでいちばん寝苦しい土地なんだろうなあ、という実感がある。

建物、道路いたるところコンクリートにふさがれて、大地というものが露出している場所が極端に少ない。ネコの額よりももっと狭いカマキリの鼻の下ぐらいの公園（らしきもの）にわずかに土が見えるが、近づいてよくみると砂利で固められていてこれは「土」とはいえない。熱射と熱風にやられて見ているだけで息もたえだえの樹《き》だ。樹木が息もたえだえなので炭酸同化作用も微々たるもので、夜の熱気がまったく吸収されない。

隣近所の家々が接近しているから、風も走り抜けない。したがって暑い晩に窓べりで夜風をうけて本などひろげ、ブランデーをちびりちびりなどという人はこの近所にはおそらく誰一人いないだろう。暑さを我慢してそういうコトをしようとすると近所のクーラーのモーター音が錯綜《さくそう》して聞こえてくる。そのモーターが夜の熱気をさらに加熱する。

仕方がないので窓をしめて、自分の部屋のクーラーをつける。あの風はいかにも不自然で、冷気も当然ながら不機嫌に人工的だ。

天井扇を回す。この家を作ったとき各部屋に天井扇をつけておいて本当によかった、とおもう。インドかどこかあのへんを旅しているとき、泊まった宿のどこにも天井扇があってゆったり回っているのを見ていると気分的にも暑さを少しは免れられるような気がしたのだ。ぼくがインドを旅した頃は、ホテルといえどもクーラーの設置はかぎられていて、そうとう高い部屋でないとなかった。そのとき頭の上でゆったりくるくる回るインドの天井扇が、記憶に深くやきついた。本物かレコードかわからなかったが、どこからかシタールの音色が聞こえてくる。昼間見たブルーのサリーを着た美しいインドの女の姿がチラチラ頭をよぎるうちに酔った頭はいつしか意識不明的睡眠に落ちている。

同じ暑さでもああいう陶酔に近いシチュエーションはなかなかいい。

バリ島のロスメン（安宿）の夜風が吹き抜けていく部屋は暑くても人間的だった。ヤモリがいつも部屋の天井にいっぱいはりついていたっけ。網戸がちゃんと張ってあるから蚊のような虫は入ってこない。まわりはたんぼでカエルの声が夜の音そのものになっていたっけ。

アマゾンの水上家屋で過ごした本物の熱帯夜は、ハンモックを使うのでそこそこ快適だった。ハンモックには虫よけにＤＤＴがそれこそ叩《たた》けば常に白い粉が飛び散るくらい大量に吹きつけてあり、その臭いはなかなかとれなかったが、それが効果的な虫よけになっていたのだろうから文句も言えない。

そのあたりで使っているハンモックはタタミ一畳ぐらいの大きさで、これに斜めになって横たわるのが体を平らにして寝るコツだった。

縦にまっすぐになって横たわると体が横「へ」の字の逆にへしまがってしまい、その体勢では不自然でなかなか寝られない。

ハンモックの「ななめ寝」を知っている人はアマゾンを本格的に知っている人だ。そうしておいて天井からさがっている網を蚊帳《かや》がわりに全身にかぶせる。

ハンモックで空中に寝ているとしばしばやってくるという蛇などの侵入に怯《おび》えずにすむ。ただし夜中に小便などしたくなったときは必ず懐中電灯かヘッドランプで足元を照らす必要がある。それこそ蛇や毒虫などが靴に入っているとえらいことになるからだ。

アマゾンの夜は湿気があって暑いけれど夜になるとそれでも温度はかなり下がるので、日本の熱帯夜よりは快適だった記憶がある。

アマゾン流域部の小さな都市のホテルに入るとベッドの上に頑丈なフックが四つついていて奥地に入って行く前はなんだかまるでそいつの意味が分からなかったが、ハンモックのフックなのであった。ここらの人はフカフカのベッドがあっても手持ちのハンモックを吊《つ》ってその上で寝る人が多い、ということを知った。そのほうが天井扇により近くになって涼しい、ということにもなる。

ぼくは自分の部屋のエアコンの風の吹きでる方向を天井にむけて天井扇でその冷気を部屋のいたるところに拡散させる、という方法をとっており、それがいまのところぼくの部屋の熱帯夜対策ではいちばんいいようだ。

それでもしかしなかなか眠れない。

みんなどうやってこういう悪辣な夜を過ごしているのだろう、とまた思う。

このあいだ飲み屋でいつもの飲み仲間らとそんな話題になった。いかにして涼しく寝るか、という方法である。

「冷たい女を抱いて寝る」のはどうか、などという奴《やつ》がいた。冷たい女は冷たいんだから抱いて寝てもそれから先何がどうなる、ということはないからアックはならない、という単純な理由だが、冷たい女は冷たいんだからそもそも抱き合いたくない、という現実的な意見をいう奴がいてどうもこまった。

どうせなら物理的にうんと冷たい女になっていればいいんだから死んでる女を抱いて寝るのはどうだ、というもっとしょうがない意見がでてみんな考え込んでしまった。

こんな話をしていると、どうも落語によく出てくる町内のわかいもんがわあわあバカなことを言っている噺《はなし》を思いだしてしまう。もっともおれたちは町内の年寄りだが。

「おめえ、世のなかで何がいったい怖い?」

「そうだなあ、なめくじだな!」

「おれはゲジゲジ」

「おれはまんじゅうが怖い」

なんてやつだ。

梯子《はしご》をね、部屋から出して片いっぽうを頑丈な机なんか支えにして窓の外に出してある梯子の上に布団を敷いて寝るっていうのはどうだい。

などという奴がいた。

「ちょっと寝返ると墜落して死んじゃうの。怖いよう。だからブルブルして涼しくてきっとよく眠れるよ」

「だって寝たら寝がえりして死んじゃうんだろ。そしたら永眠だよ」

「あっそうか。でもどっちみちこれは駄目だ。おれっちの二階は四方アパートに囲まれていて、おれが寝られる長さの梯子を外にだすと隣の家の窓つきやぶっちゃう」

そのようなまともなヒトには聞かせられないようなバカな話をして、酔っぱらっていって、そのうち疲れてその場で寝てしまう、というのが精神的には一番しあわせな眠りのような気がする。だからおれたちは、月に一度は海岸べりのキャンプ旅に出るのである。

霧の種差海岸

金曜日　この夏ぼくの書いた『ぱいかじ南海作戦』という小説が映画化され、各地で上映されている。その本拠地的な映画館である「新宿バルト9」で、原作者として幕間に何か話をすることになってしまった。そういうのは苦手なのだが、あまり断っているとケンカになってしまうので金曜日の夜に監督と一緒にステージで話をすることになった。八時半からなので、当然その時間になるまで近くにある居酒屋で飲んでいた。

週に二回は行っている馴染みの居酒屋から歩いて三分のところにその映画館があるのだ。ただしその週は忙しく、居酒屋では出版社の編集者と打ち合わせがてらのビールだ。その出版社の雑誌でぼくは「死」について自分がいま思うこと、というテーマの連載を一年間続けていた。その最終回をどうするか、という話と、やはり同じ出版社で次に書いてほしい、という本についての打診をされていたのだ。次のテーマは「不眠」だった。ぼくの三十年来の悩みは「不眠症」であり、これはモノカキになってから発症した困ったヤマイだが、攻めたり攻められたりしながらもさまざまな局面で折り合いをつけ、今は倦怠期《けんたいき》の夫婦のようにお互いに諦めたようにしてなんとかやっている。そういう意味では「不眠症」のベテランであり、傾向と対策的な体験もいっぱいある。編集者に聞くと、今は不眠症で悩む人がものすごく増えていて、何かの統計では五人に一人がそれに悩んでいるという。そのため不眠症に関する本もいっぱい出ているが、殆《ほとん》どが医師の書いているものであり、体験者、なかんずく「現役」の不眠症のベテランが書いている本はあまりない、という。

なるほど、ぼくも不眠初期には、そういう「医師」の書いた本を何冊か読んだ記憶があるが、あれは「不眠症」当人が読んでもいっこうに役にたたない。それを読んで眠りや不眠の「理屈」や「仕組み」を知っても、読みおわってただちに簡単に寝てしまう、なんてことは皆無だからだ。それだったら怪しげな「自己催眠術」の本か何かで「おれは眠くなる、どんどん眠くなる、ああもう眠い、もう寝てしまった」なんていう魔法の術が書いてある本がいいような気がする。しかし「死」の次のテーマが「不眠」で、それを書くとその次はどんなテーマがやってくるのか。「永眠」なんていうことになるのだろうか。

その日はいつものように下駄《げた》で行ったので映画館のステージにも下駄であがった。大勢のヒトを前に三十分ほどその映画の裏話的なことを話し、また別の居酒屋に行っていつもの飲み仲間と少し飲んで、家に帰るとオリンピック中継は女子の柔道七八キロ超級をやっていた。ぼくは柔道黒帯である。あの練習の日々は布団に入ると三十秒で寝てしまったものだ。七八キロ超、ということは一〇〇キロ以上の選手も沢山いるわけだ。迫力があるから結局ずっと見てしまった。目覚まし時計を四時に合わせ、二時頃寝ることにした。あれだけサケを飲んでいても三十分ぐらいは眠れない。なんなんだおれのこのガンコ頭は。

土曜日　午前四時の非情な電子音で起きる。眠っていたのだが充足感はない。おそらく一時間半しか寝ていないのだから睡眠をとった、という記憶が頭の中にないのだろう。その日は青森、八戸《はちのへ》の種差《たねさし》海岸に朝九時半に行って百人ぐらいの人々と約八キロ歩く、というイベントがある。「シーナさんと歩く種差海岸トレッキング」というタイトルのもと毎年やっている。美しい海岸でいろんな季節に歩く楽しい企画なのだ。ただし何も支度をしていなかったので、大急ぎでバッグにカメラなど詰め込み、冷蔵庫にあった冷たいスイカ四分の一を朝食がわりに食った。酔い覚めの体にはことのほかおいしい。素早くタクシーで東京駅へ。六時発の新幹線に乗った。が、失敗した。

いつの間にか寝てしまっていて、気がついたら降りる筈《はず》の「八戸」をすでにとおりすぎていた。あの空調の利いた列車の振動の中でこの寝不足頭がずっと覚醒している筈はなかったのだ。睡眠不足はこのようにしてふいの眠りで辻褄《つじつま》を合わせているものなのだが、さすがにその日はまずかった。次の駅で上りの新幹線に乗り「走れメロス」じゃなかった「走れスイカ頭」だ。一時間遅れて現地へ。

東京のこのところのフライパンの上に乗せられたようなアチアチ大バカ熱暑地獄から

遠く離れて八戸の海沿いはかなり濃い霧に覆われていた。「ヤマセ」というやつだ。気温は一二度だった。知らぬ間にどこか遠い国に彷徨《さまよ》っている気分だ。霧の中の何もかも霞《かす》んだ風景はそれだけでひれ伏したいほどの価値がある。

Tシャツの上にフィールドパーカーをはおり、夜露に濡《ぬ》れたままのような草や木の散策路を行く。この海岸ルートにはいろんな季節に来ているが、霧ははじめてだ。ひるめしは海産物の炊き込みごはんにセグロイワシの丸焼き。「いちご煮」というウニの汁椀《しるわん》。こんなにうまい「ひるめし」はめったにないぞ。長い広い海岸を越えて、小さな漁港をふたつ越え、山道を歩いてゴールは広大な芝生緑地。そこには「やぶさめ」で使っているというういかにも力のありそうな馬が待っていた。久しぶりにそいつに乗って突っ走った。モンゴルを思いだした。

その日の夜は日本一の山車《だし》祭りといわれる「八戸三社大祭」を見た。子供が主役の祭りだが、三十基ぐらい並んでいる山車が巨大で豪華絢爛。東北の夏は祭りの夏だ。お囃《はや》子《し》の音を聞きながら地元の親しい人と祝い酒。

その店がとても味わいのある横丁にあったので『アサヒカメラ』の連載用の写真にいいなと撮り歩いていると、いきなりバーにひっぱりこまれた。酔ったおとっつあん四人組に拉致されたのだ。でもそれもまた楽しかった。

日曜日　晴れだが、風が吹くと気持ちいい。昨夜もホテルでまた一時までオリンピックのバドミントンを見てしまったが六時間も寝たから朝から元気だ。現地で同行した新宿居酒屋飲み仲間と「朝市」に行ってそこであさめしを食う、ということになった。この朝市にはよく行くのでいろんな店の人に声をかけられる。ぼくがこの近くに住んでいると思っている屋台の人もけっこういるようだ。八戸の人はみんな気持ちがいい。我々は四人チームだったので、それぞれ好みのものを買って、煮干しラーメンの店(それも朝市の)に持ち寄って適当に交換しながらあさめし。ウニの炊き込みごはん。インド人の作っているチャパティにインドカレー。焼きそば。何かの海産物のフライ。全部で三千円もしない。

お昼近くの新幹線で灼熱フライパン東京に戻った。オリンピックは何やってるかな、とテレビをつけたらBSフジで昔ぼくがモンゴルで監督した映画『白い馬』をやっていた。

夏のおわりの焚き火の前で

オリンピック中継で何がいやだったかというと、しばしば映る日本の応援団のチンドン屋みたいな異様な風体の連中だった。キンキラの着物みたいなのに山高帽かぶった名物じいさんとか日の丸ハチマキに日の丸のセンスをさした集団とか。テレビが映すからあの人たちがますます張り切るんだろうなあ。ああいうのを必ず映すテレビもどうかしている。ほうっておけばいいのに。みんなして「日本人はこのくらいバカでーす」と世界中に知らせていたんだね。ヨソの国の人々みたいにフツーの姿でフツーに応援できないんだろうか。

その八月もじきおわり。しつこい夏の部品みたいなやつが時々「忘れんなよこのやろう」なんていって熱風吹き流したりするけれど、どうせもう長くはないだろう。

この夏は、基本的に東京の自宅にいた。文章書いたり、オリンピック見たり、ノンフィクションと小説の「賞」の選考のために、二百枚から五百枚ぐらいの「作品」を九冊読んだり。これは役割として面白いのも面白くないのも絶対読まなければいけないから、つまらないときは辛い。何でこんなものを最終選考に残したんだ、と愚痴りながら読む。あまりのつまらなさにほうりなげたりするけれど、そのままにしてはおけないから、少したって拾って読む。また疲れて……また拾う。

たぶんその作品は本当に面白くないのではなくて、わが理解能力とか人間としてのわが狭い許容範囲とか、精神感覚の相性とか、あのバカ夏の脳髄をとろかすような気持ち悪さなどが複合して影響しているのだろうけれど、でもみんな羨ましいくらいによく書くなあ。作家を志望しているのだろうか。

作家になってもこれから大変ですよ。なにしろ出版業界イコール作家業界は急速衰退業種ですからね。ぼくはバブル期の頃のこの業界を知っている。毎月新しい雑誌が百誌以上創刊されていた。毎月ですよ。でもって出版社が作家をとりあっていた。今は書店が毎日一軒ぐらい閉鎖しているらしい。雑誌はどんどん規模縮小、部数減少、休刊という名の廃刊になり、ときおりヤケクソみたいな新雑誌が創刊されるが、それらがどうなっていくかわからないうちに消えてしまったりしている。その栄枯盛衰をモノカキとして一緒に歩んでしまった。

出版業界よりも対比的にどうしても目立って元気だったのは今年の夏のギラギラ太陽だけだった。太陽はまだまだ景気がよく、むこう五十億年ぐらいは今のエネルギーを維持していける安定銘柄だ。みんな太陽業界（どこにあるんだ）をめざせばいいのだ。

地球の気象を思いのままにしたい、と考えた人々の話『気象を操作したいと願った人間の歴史』（ジェイムズ・ロジャー・フレミング、鬼澤忍訳／紀伊國屋書店）を寝る前に読んでいた。寝るときぐらいはせめて自分の読みたい本の読書時間だ。

天候を操作しようとした話では北京《ペキン》オリンピック開会式が有名だが、あれは北京に接近してくる雨雲にいわば降雨促進剤のような薬品ヨウ化銀を撒《ま》いて早めに違う場所で雨を降らせてしまったと言われている。それが本当に成功したのか、もともとたいした雨雲でもなかったから成功もヘチマもなかったのか、そのあとの話はわからなかった。

その本には人間はそのもっと以前から天候操作のためにいろんなことをしていた話がいっぱい出ている。十七世紀の頃には海で出会う竜巻を帆船が大砲で攻撃し、成果があったと主張しているが確証は何もない。

雹《ひょう》を伴う夏の嵐を撃退するために巨大なメガホンのような火薬発射台（蒸気機関車の煙突を再利用した）から雲を攻撃した話なども奇妙な写真つきで出ていて面白い。

霧が頻繁にでる空港は戦争のときにたいへん困り、霧を追い払う研究がいろいろなされたらしい。

一番効果的なのは滑走路を熱くすることで、石炭やガソリンを滑走路の両端で燃やした。規模がでかいからとてつもない量の燃料を使った。でもこれはそこそこ効果があったという。

ぼくはこういうこだわった文化誌、科学史ジャンルの本が好きだが、新聞広告にはあまり出ないから自分で探すしかない。書店に行くとすぐにそういう本のあり場所がわかることが多い。本がむこうから呼んでいる、という具合だ。ようしようし、そこにいたのか、と可愛《かわい》い子猫を抱くようにして買って帰る。至福の瞬間だ。

この夏、楽しかったのは三浦半島のタクワン浜キャンプだけだった。タクワン浜は「雑魚釣り隊」というおれたちポンコツ釣り集団だけが知っている地名、というか勝手にそう名づけた。あるとき海岸いっぱいに数百本のタクワンがころがっていて臭くてたまらなかったからだ。どうしてこんなにタクワンが転がっているのか、ということについてその夜みんなで話した。タクワン密輸船が沖で沈没した説。タクワン会社が倒産して逆上した社長が在庫のタクワンをここらに全部ばらまいていった説、などいろいろ出たが、真相はいまだ闇のなかだ。

そのタクワン浜で十人の仲間と流木焚《た》き火《び》をして、ガチ冷えのビールを飲んだ。肴《さかな》は釣ってきたのを素早く〆《しめ》たサバだ。このキャンプの夜が唯一わが今夏の喜び時間だった。

夜になってほどよい海風が出てきたので蚊がいない。流木の燃える匂いがここちよかった。モノカキ業界でぼくほど焚き火をしているヘンな作家はいないと思う。

夜更けの焚き火の炎を見ながらウイスキーなんか飲んでみんなの話を聞いていると、その話とは関係なくいろんなことを考えている自分に気がつく。その瞬間がぼくにはまた面白い。この秋からはじまる二つの文芸誌の連載小説の断片なんかを無意識に考えていたりする。純ブンガクというジャンルの雑誌だから、いまどきどれくらいの人が読んでいるかわからない。どんな人が読んでいるかもわからない。読んでいるのはブンガク業界の人だけ、という説もある。でも作家としてまだやっていけるなら面白い小説を書きたい。焚き火の煙がそういう気持ちにからまってきて、ぼくをいくらかやる気にさせてくれるのだ。

むかし、日照りのときに雨雲を呼ぶために山の上で煙の沢山でる巨大な焚き火をしたりしたそうだ。そういえば煙と雲は似ているから、呼び水のような呼び雲、というわけだったのだろうか。そんな話なんかをテーマにひとつの小説が書けるかもしれない。素材枯渇作家はそろそろ酩酊《めいてい》している。テントを張るのも面倒なので今夜は焚き火のそばで寝てしまおうか。

宇宙夢想で夜が更ける

暑くてなかなか寝られないときに読む本は宇宙サイエンスものがいい。

ぼくはときどきあやしげなサイエンス・フィクションを書いたり、SF専門誌『SFマガジン』にかれこれ十五年ぐらい自由な発想で何を書いてもいい、というたいへん太っ腹な連載エッセイをやらせてもらっているので、締め切りが近くなると関係書をパラパラやっている。といってもアインシュタインやホーキングなどの本だとたちまちわけがわからなくなってしまうので「銀河系の知的生命を見た」とか「宇宙の果てに行ってきた」などといったB級ものがいい。こっちもB級ものを書いているんだから相性がいい。

新聞のちょっとしたコラムにもけっこう面白いことが書いてある。

だいぶ前には十万光年彼方《かなた》に見つかったある惑星には氷を噴き出す山がある、という話が書いてあった。火山は火を噴き出すから火山だが、氷を噴き出しているのだから、この場合「氷山」というのだろうか。ちょっと違うような気がする。なんて考えているのが楽しい。その惑星には大気はなく表面温度もマイナス六〇〇度ぐらいと推定されるのでメタンも地底で凍っており、ときどきそういうものが凍った固体として地表に噴き出してくるというのだ。想像しているだけで楽しい。

また最近のある新聞のコラムでは地球の水の組成とよく似た尾（コマという）を引く彗星《すいせい》が見つかったという話が書いてあった。それにより、長いあいだ科学者のあいだで論争されていた「地球の水はどこからやってきたか」という謎にひとつの結論が出た、というよろこばしい話だった。

地球の水は、地球内部から湧きだした説と、別天体からもたらされた説のふたつがあって、双方なかなか有力な証拠が見つからなかったが、これでその彗星のコマが太古、地球にぶつかって、いまある水の基本になった、という説が有力になったのである。

彗星が背後に引いているホウキ星のホウキの部分（コマ）のスケールはとてつもなく巨大であり、その内容は殆どが氷である。

これによって（放射能などによって）いま汚れまくっている地球の水を遠い将来、彗星を地球近くに触れる軌道をとらせて、地球の水の「総取り替え」という案もまったく架空のものではなくなった。問題はどうやって彗星の軌道を変えるか、という宇宙スーパーサイエンスのテクノロジーで、それはまだあと三百年ぐらいかけないと有効なものは見つからないらしい。

「ええ？　三百年もかかるんですか。それまで生きられなーい」と嘆くそこらのお姉ちゃんもいるだろうが、地球誕生四十五億年から考えたら、ほんのあと少しで可能ではないか！　凄《すご》い！　と感動しなければならないのである。

宇宙エレベーターもいよいよ本格的な設計段階に入ってきたようで、これも楽しみだ。日本の大手企業も未来産業として具体的に考えている、という記事がやはり新聞のコラムに出ていた。

宇宙エレベーターというと「東京スカイツリー」のとんでもなくでっかいもの、と考えているヒトも多いようだが、地表からの建造物で宇宙まで、という発想はバベルの塔的なもので無理だ。無理やり考えられるのは八〇〇〇メートルのエベレストの上に三〇〇〇メートル以上の塔を建てるとてっぺんはもう真空の宇宙だ。しかしこの建設は絶対大変ですな。成層圏の上のほうは常に大気が不安定に乱れまくっているから作るのも登るのも命がけだ。

もっと簡単に地球と宇宙から引っ張りっこするヒモというふうに考えたほうがいい。

つまりはハンマー投げである。ハンマー投げはそれを投擲《とうてき》する人がグルグル回って鉄の固まりを遠くに投げる競技だが、宇宙エレベーターのほうは鉄の固まりを投げない。ぐるぐる回っているのは地球で、鉄の固まりは遠心力を利用した「カウンターウェイト」としての宇宙建造物である。地球とその宇宙建造物をヒモでつないでいれば、ヒモは常にピンと張り詰めて（見かけでは）宇宙の一定の位置にいる。

カウンターウェイトとなる宇宙建造物は、宇宙エレベーターの宇宙側の基地だから相当に大きな規模になり、宇宙エレベーターをビジネスとして使うには、そこが宇宙ホテルになるだろう。

地表からそこまではエレベーターといっても縦長のちょっとした軌道つきのロケットのような形態になるだろうから、かなりの重量になる。問題は地球のスタート台となる基地と宇宙の終点を結ぶヒモだ。鋼鉄系のものではもたない。もっと強度のある柔軟な、やはりヒモのようなものだ。その素材が発明された。カーボンナノチューブというもので、鋼鉄の張力は約二ギガパスカルだが、カーボンナノチューブは一二〇ギガパスカルに耐えられる。宇宙エレベーターの張力は六〇〜一〇〇ギガパスカルというからエレベーターの軌道としては可能な素材なのだ。しかもこれは鋼鉄系のものではなく世界最強の繊維だ。つまり軽い。

いま研究者などが考えているのは高度約三万六〇〇〇キロあたりにある静止衛星からこの素材で作った帯を地球に垂らして、それを基礎にどんどん「ヒモ」を強化していって宇宙軌道を作ろう、というものだ。

最大の問題はこの魔法のヒモ、カーボンナノチューブの生産スピードがきわめて遅いこと。一年かけて三〇センチがやっと、などという話が少し前のこのプロジェクト関係の本に書いてあった。でもやがてこの問題も画期的に解決し、リスクと経費が障害になるロケット（スペースシャトル）による宇宙往復時代から卒業できるだろうと期待されている。

宇宙エレベーターにこだわっているうちに今回ぼくがいちばん書きたかった小惑星の話のスペースがなくなってしまった。

太陽系には夥《おびただ》しい数の小惑星が回っている。そのうちのエロスの写真を見た。長さ三四キロ、幅一三キロの楕円形《だえんけい》でジャガイモのような形をしている。五時間ほどで自転しているが、重力が弱いから上陸した人間がジャンプすると、そのまま宇宙空間に飛び立ってしまう。だからどこかにロープを頑丈に固定してその端を体にしばりつけ、「宇宙空間飛び」などで遊べるのだ。

長さ三四キロだから、縦横二日もあれば回ることができる。写真を見ると多少のデコボコがある程度であり、なにしろ重力がないに等しいから一回まわればあきてしまうだろうなあ。小さな岩のかけらを金属バットで打てば全部宇宙場外ホームランだ。うーん楽しそうだ。いつか行ってみたいなあ、などと布団のなかで夢想していれば熱帯夜の辛さも忘れる。

北海道の東川町で考えた

北海道、旭川に隣接して「東川町《ひがしかわちょう》」がある。人口一万人足らずの小さな町だが、ここは一九八五年に「写真の町」宣言をし、どのような写真展も開催できる機能的で大きなギャラリーを建設。大小の写真展を間断なく開催している。

世界に視野をひろげているので外国人の優れた写真も連続して紹介され表彰もされている。同時に地域住民の写真も展示されており、視点はグローバルかつ地元密着型だ。

毎年、夏には全国の高校生が撮った写真を募集し「写真甲子園」を開催、年々規模が大きくなるのと同時に優れた写真が発表されている。そのコンテストをきっかけに本格的に写真家の道を夢みる若者もたくさんいるようだ。そんなわけで、写真の世界にかかわる人で「東川町」を知らない人はいない、といってもいいだろう。

ぼくもずっと前からよく知っていた。

若い頃、写真家を目指したこともあって、世界各地の旅のおりおりなどに写真をいっぱい撮っていたら、いつの間にか写真の本なども沢山出すようになり、さらに学生の頃、そこに載るのが夢であった写真専門誌の最大手『アサヒカメラ』で写真の連載がはじまり、気がついたらもう二十年以上も続いているのだった。

ぼくはどうしても文章の人、というイメージが先にたってしまうようだけれど本懐は写真だった。乞われるままに写真展などもあちこちでやっているうちに、ついにこの東川町から「声」がかかり、この夏ぼくもその町の大きなギャラリーで「五つの旅の物語プラス1」というタイトルの写真展をやってもらったのだ。

開催にからんで町の人に何か話をすることになり、このあいだ初めて行ってきた。旭川空港からクルマで十〜十五分ぐらいのところにあるので非常に便利。北海道は大きな空がひろがっているのが魅力だが、旭川はとくに広々としているので、これが東京とつながっている同じ空なのか？　と思うくらいの雄大さだ。はるか高い空を流れていく雲だってそのひとつひとつのスケールがでかい。

東川町に入っていくと郊外は広大な大地に家々が点在している。それらの家のまわりにはかならず大きな木が何本も取り囲んでおり、家と樹木が一体化している。ヨーロッパの郊外みたいで羨ましい風景だ。

迎えにきてくれた町の人は「今日は生憎《あいにく》暑いんですよ」というが、その頃東京は連日フライパンの上にいるような状態だったから十分ひんやりしていて心地がいい。

もともと土地が広いからだろう、ギャラリーは一階平面を贅沢《ぜいたく》に使って、床はすべて板張りだった。そのため来館者は入り口で靴を脱いでスリッパに履き替えるようになっている。ところどころに休憩用にと木のテーブルと椅子が配置されている。

そういえば町の人に「君の椅子プロジェクト」の話を聞いた。

発想は旭川大学大学院の磯田ゼミ。誕生する子供を迎える幸せを地域全体で喜びあいたい、という思いをこめて、二〇〇六年からはじまった。

その年、町内で生まれたすべての子供に、生まれた日とその子の名前を刻んだ椅子が贈られるのである。デザインは毎年かわる。その後近隣のふたつの町もこのプロジェクトに参加し、さらに活気を生んでいる。

東日本大震災の日に岩手、宮城、福島三県で百四人の赤ちゃんが生まれたが「君の椅子プロジェクト」は連絡のとりあうことのできた九十八の家族のもとに「希望の君の椅子」を作って贈った。

会場控室で町長や副町長と挨拶。いたってザックバランに話がはじまる。

「この町にはね、三つの〝道〟がないんですよ。ひとつは〝鉄道〟ひとつは〝国道〟もうひとつは〝水道〟です」

「えっ？」

国道、鉄道がない町はめずらしくないだろうが水道がないというのは？

やがて訳をおしえてくれた。大雪山《だいせつざん》が近いのでその山系の旭岳《あさひだけ》からの源水が地下水脈を流れてくる。その湧水は一日あたり約六六〇〇トンといい、各家庭でボーリングして直接その水をつかっているというのだ。

水道がないというとひどく遅れているように聞こえるがこの町は逆であった。少し前、水問題についての本を書くために外国を含む世界の水飢饉《みずききん》について取材していたが、理想的な事例としてこの町のそういった状況を聞き漏らしていたのが残念だった。

会場に迎えにきてくれたクルマの窓からあたりの風景を見ていたが、いいなあやっぱり北海道は緑が多くて、と思っていたのだが「とりわけ」このあたりが水に恵まれた風景でもあった、ということがわかった。風景から教えてもらうこともあるんだ。

高校生の「写真甲子園」は、野球のようにそれぞれの地区での代表校選出の審査があり、そこでつまりは「地区優勝」した高校生の作品がこの町で「本選」というかつまりは「優勝決定戦」をやる。例年行っているので、やはり野球のように強豪校ができており、年々レベルの高い写真が登場しているようだ。

いま、写真の世界はデジタル化によって、携帯電話やスマホなどのカメラ機能なども含めると写真を撮るのが日常になっている。

個人がカメラを持っている「保有率」などがもしわかれば、若い人などは全員カメラを持って歩いているのではないだろうか。要するに日本はじまって以来の「写真時代」がやってきているのだ。

東川町のギャラリーの専任担当者の女性は、かつて「写真甲子園」で作品が評価され、それがきっかけになって写真家を目指しながら学芸員の資格をとり、この町に引っ越してきたという。つまりは人生の方向まで影響を与えているのだ。

ぼくはそうした一連の話を聞いて、現場を見て、これからは全国各地で、その土地の特性を生かした息の長い「町づくり」がいろいろ可能ではないかと思った。

ひところ、テーマパークが流行《はや》ったけれど、多くが投資額に比べると話題も人気も一過性、短命だったように思う。ディズニーランドの巨大な「ひとり勝ち」で、外国資本にあえなく全部ひれ伏しているのが悔しいではないか。ぼくは日本人が本当にミッキーマウスやドナルドダックがあんなに好きとはどうしても思えない。巧妙ないろんな仕掛けで国民全体が騙《だま》されているような気がして悔しい。地味だけれどじわじわと続けていくうちに注目され、継続していく東川町のような腰の据わった「方法」がもっといろいろある気がするのだが。

4 うどんのお詫び

映画、駅弁、ドロンコ怪物

リドリー・スコットの映画というと、なにがなんでも観《み》るぞ、という態度になる。今は『プロメテウス』だ。映画評判は典型的な賛否両論というやつで、そういうのもまた興味がある。自分で確かめてみよう、という気になるではないか。せっかく映画館に行くのだからもっとも条件のいいところで観たい。しかも3Dだ。

3Dについては少し意見がある。何もそんなにやたらと飛び出さなくてもいいではないかと思うのだ。飛び出しまくるとストーリーが後退してしまって、逆効果になる結果だってある。初めて3Dを観た『アバター』のときは実際驚いたが、あれは宇宙版ベトナム侵略戦争で、ストーリーが平凡だった。そのあとに観た『ヒューゴの不思議な発明』でも飛び出し効果におののいたが、でももうそろそろいいや、という感じだった。

『アバター』は有楽町《ゆうらくちょう》の「日劇」で観た。むかしもっとも多く映画を観ていた頃は、銀座一丁目の「テアトル東京」がまず一番だった。当時はまだ70ミリ映画をやっていて、スクリーンが東京で一番大きかった。記録を見ると横幅二四メートル、縦九メートル、奥行き（スクリーンが大きく湾曲しているので）五メートルという時代もあった。『アラビアのロレンス』などがそのくらいの大きさで上映されていたような気がする。

で、まあ『プロメテウス』だ。『アバター』のときは3D用のメガネはそのときだけお借りする、という方法だったが、今はタダで下さる。そのまま持って帰っていいですよ、というのだが、しかしアレ貰《もら》ってもなあ。どういうときに使っていいのかわからない。また次のときに、と劇場の人は言うのだが、次のときまでちゃんとわかるところにしまっておけるだろうか。やはりあれは一時貸与でいいんじゃないだろうか。というよりこれから3Dばかりの映画になるんじゃかなわない。

『プロメテウス』は『エイリアン』の前の話といっていいようだ。『ゴッドファーザー』が、第二話でヴィトー・コルレオーネの少年時代から街の顔役にのし上がっていく若い頃の話を、本題の第一話の続きと交互に描いて効果的だった。ヒットした『エイリアン』はその後の話がいろいろ作られ、いささか食傷気味になっていたからその「前史」というのはなかなかいい作戦だった。

さっきの賛否両論だが、ある週刊誌で映画評論家が「エイリアンに似ている」と書いてあるのを見てぶっとんだ。あんたそれでプロの評論家なんですか？　というやつだ。で、ぼくの感想だが、どこか手抜きのような気がしてならなかった。そのひとつには3Dという余計なものを意識しているからのようで、それがうるさい。もうひとつはCG

自由自在の映画時代になっていて、観ているほうは、もう何がおきても、どういう映像になってもそんなに驚かんもんね、という態勢ができている。要するにスレてきているのだ。

おそらく『エイリアン』を作ったときに、その前の話は何も考えないで作っていただろうから「前史」になるといろんな「?」が浮かんでくる。話のつじつまとかコトの必然性というやつだ。女の宇宙飛行士が大きな役割を果たしているのは『エイリアン』の伝統だろうか。まあしかしこれ以上書くと目下公開中につき、迷惑なネタばらしになってしまうので控えるが、観おわって考えるといわゆる「つっこみどころ満載」というやつでしたな。でも観ているあいだは十分面白かったけれど。

話かわり次の日、岡山に行った。昼時間を越えて行くので弁当を買って行くことにした。いま東京駅は駅のナカと駅のソト(大丸地下)の駅弁販売競争でエライことになっている、と聞いていたが、なるほど駅のナカにかなり大きなスペースの駅弁専門ゾーンがあって、朝から「お祭り」のような賑《にぎ》やかなお囃子《はやし》がなりひびき、男が外で絶え間なく客の呼び込みをやっている。なるほど弁当の種類、数ともとんでもない量で、中に入ると客は全員逆上するような仕掛けになっている。いろんなのがありすぎてどれを買っていいか迷いまくる。

しょうがないのでごくごくオーソドックスな幕の内系のを買ったけれど、次から選ぶコツがわかった。あれは種類で選ぶのではなくて、その日に作っている「つくりたて」を選べばいいのだ。事実そういうコーナーがあって、ひときわ活気がある。ぼくが選んだのは、その冷たさや状況からいって、どう考えても前日作ったものだ。食中毒の怖い季節だから、一晩たっぷり冷やしてあるはずだ。こっちがもっと冷静になればよかったんだなあと思いながら、冷たいゴハンを新神戸あたりで噛《か》みしめておりました。

でも学ばない人間というのは悲しいもので、翌日の帰りにやはり時間的に弁当を買って新幹線のなかで、というタイミングになっていた。買ったのは本場だから間違いないだろうという判断のもとに「アナゴ弁当」だったが、予想していたふっくらやわらかいアナゴとは大違いの硬くて冷たいオセンべみたいなアナゴでまったくうまくない。むかし、たしかこのあたりでつくづく「うまいなあ」と感動していたアナゴ弁当があったのだが、あれもやはり作ってからの時間が関係していたのだろうか。

ところで最近、ソトを歩くと、年齢に関係なく世の中ものすごく太った人が急増しているような気がするのだ。今度の旅でも、いたるところで一〇〇キロ超級の人を沢山見た。少し前はこんなにいっぱいいなかったような気がするのだが。どうも東日本大震災以降急増しているような気がする。イメージとしては逆ではないかと思うのだが、よくわからない。夏場なのでとりわけ目につくのだろうか。

日本がアメリカ化している、という現象も考えられる。アメリカでは「どうしてこんなにまで！」としばし考えてしまいたくなるような、布団を体にまきつけたように巨大化し、横揺れして歩いている人を昔からよく見ている。アレに近くなったような気がするのだ。

翌日は自宅にいたが、毎月被災地ボランティアに行っている妻が福島から帰ってきたのでまあ久しぶりにソトめしにすっか、ということになり、近くの結構おいしい中華料理の店に行った。この店には遠くから電車に乗ってやってくるという客もいるそうだが、わが家から三分ぐらいで行けてしまうのでありがたいやらもったいないやら。で、その店でも一〇〇キロ超級のおばさん二人連れの隣になった。映画『千《せん》と千尋《ちひろ》の神隠し』に出てくる七重腹のドロンコ怪物みたいだった。

ジタバタしているうちに夏がもうじき終わりそうですな。

絶対笑える五本の映画

三キロほども夏痩せしてしまった。今年の夏の日差しは強く、太陽光線がじかに骨身にしみてくるようだった。

強烈太陽の日は外に出ないで午前と午後に時間をわけ、ルーチンワークとなっている週刊誌の原稿や、突如まとまって嵐のように押し寄せてくる小説などに打ち込み、夕方六時半には待ちきれずビール方向に突進していく日々だった。

夏前までは野球のナイターが面白かったので、夕食のあとはソファにころがってハイボールなどチビチビ飲んでしあわせだったが、八月になると急につまらなくなってしまった。

日本のプロ野球に大リーグの影響が強くなると、日本の野球は大リーグの下部リーグのような位置になりさがってしまったような気がして、見ていてなんだかやるせない。ナイターを見ないと飲んだあとの三、四時間ほど何をしていいかわからなくなってしまう。といっても面白本は不眠症の昨今、寝る前の催眠効果を期待してとっておきたい。けっきょくＤＶＤで映画を見るぐらいしか真夏の夜の過ごしかたがなくなってしまった。で、久しぶりに（もう五、六回目になるなきっと）『お熱いのがお好き』（ビリー・ワイルダー監督）を見た。マリリン・モンロー、トニー・カーチス、ジャック・レモンという個性バキバキの芸達者たちが繰り広げるノンストップ喜劇だが、ぼくの中ではこれが一番笑えるナンバーワン映画だ。とくに秀逸のラストシーンは涙流して笑えて笑えて。ああいうのを見ると、優れた映画というのは、やみくもに突っぱしる蒸気機関車のような爆発的な突進力によって構成されているのだなあ、ということがよくわかる。映画は欧州のほうが作品として底力のある作品を多く作ってきたけれど、娯楽勝負といったらやはりアメリカなんだなあ。

そこで今回は、個人的に「笑える映画ベスト5」というのを書いてみたくなった。

次はその欧州フランス映画の古典、ジャック・タチ監督主演のシリーズだ。このシリーズはいろいろ出ているがやはり代表作はモノクロスタンダードの『ぼくの伯父さんの休暇』だ。

ファーストシーンの駅のホーム。何をいってんだかわからないほわんほわんした声のアナウンスに翻弄されて大勢の人間がホームに出てきたり戻っていったりするところからもうおかしい。

ジャック・タチ扮《ふん》するステッキを持った長身の「ぼくの伯父さん」が捕虫網を風になびかせてオンボログルマで海にむかう。このクルマがほとんど走っているのが奇跡と思えるようなしろもので（マンガによくあるようにパスンパスンと怪しい爆発音をたてては大量の排気ガスをだしつつ進む）着いたところがリゾート海岸。

映画はフランスの古きよきしゃれた海べりのプチホテルとその前の海岸での話で終始する。ストーリーはさしてなし。たったそれだけの映画なんだけれど、しゃれつくした音楽と綿密な演出が飽きさせない。見おわったあと「ああ、映画っていいなあ」とつくづく思う一本だ。この映画も五、六回見ているけれど映画における「おしゃれ」という意味をつくづく教えてもらえる小品傑作だと思う。残念ながら邦画ではストーリーがなくてもこういうふうにゆったり十分面白く笑える作品はなかなか見られない。

次はインド映画『ムトゥ　踊るマハラジャ』だ。むかしムンバイで暇と暑さから逃避してあまりなんだかよくわからない映画館に入った。スピーカーシステムが劣悪で死ぬほどキンキンする音に辟易《へきえき》していたが、途中でストーリーと全然関係なく（のように思えた）映画のなかの人物たちが全員踊りだす。すると観客も一斉に立ち上がって踊りだすのでびっくりした。

この『ムトゥ――』はそんなインド映画の記憶が懐かしくて中身も知らず渋谷の小さな劇場でちょっとだけ、と思って入ったらこれがえらくおもしろかった。いや笑えた。やはりストーリーに関係なくいたるところで全員踊りだす。その頃にはこの映画を見ている日本の観客も、これの見方がわかっているようで、全員爆笑、さすがにインドのように観客が一緒になって踊りだす、ということはなかったが、隣の席のおばさんがぼくのことを知っていて、みんなで笑いたくてもう何回もこの劇場に足を運んでいるのだと話してくれた。アメリカ人などとちがって日本人は映画を見る態度はたぶん世界で一番上品でおとなしいと思うが、あの「ムトゥフィーバー」をまきおこすようなインド映画がまたやってこないだろうか。インド映画のスターは非常に濃い顔で腹がドデっと出ているひと（女も）ほどトップクラスなのであまりインド映画ばかり見てると胸やけ胃もたれをおこすかもしれない。ぼくはむかしインド映画の撮影所まで行ったことがあるが、本当にスターはデブばかりだった。

邦画でのダントツ一位は日活の『幕末太陽傳』（川島雄三監督）ですな。これは古典落語、とりわけ廓《くるわ》ものに精通している人にはたまらない。「居残り佐平次」「品川心中」「三枚起請《さんまいきしょう》」「付き馬」などの名作がうまいぐあいに複合一体化し、落語を聞いて頭のなかに思い浮かべるだけしかなかった遊廓《ゆうかく》というものが映像として実体化し、見事に躍動している。

主演のフランキー堺《さかい》はミュージシャン出身だが、あの頃のエンターティナーの存在感には驚く。この映画はキャスティングも絶妙だったのだ。

次も日活で野村孝監督の『早射ち野郎』。この当時イタリア製の西部劇が沢山作られており「マカロニウエスタン」と呼ばれた。クリント・イーストウッドの出世作『荒野の用心棒』もマカロニウエスタンだった。これは黒澤明《くろさわあきら》監督の『用心棒』をそのまんま真似《まね》して成功した。

日活も無国籍西部劇をいろいろ作っていて「うどんウエスタン」と呼ばれていた。『早射ち野郎』は日本のどこか山奥のダム建設現場近くの急づくりの遊興街が舞台で、セットがなぜか西部劇そっくり。スイングドアの先にはバーがあってスカートの長い酒場の女がいて、作業員の荒くれ者がバーボンで酔っぱらってポーカーなんかやっている。彼らの給料をなぜか駅馬車が運んでくるのを悪漢が狙う。街には拳銃を持たないシェリフみたいなのがいて、正義の主人公は馬に乗ってやってくる。ライフルのかわりにギターを背負っていたかな。もちろん流れ者だ。宿敵の早射ち野郎は黒ずくめ。大まじめに作っているのだが、今見たら爆笑の連続必至だ。

日本消滅を書いていた

来年（二〇一三年）の秋頃に出るぼくの本はひところ流行《はや》った言葉でいえば「ハチャハチャSF」で、三年ほど『小説現代』に隔月連載していたものだ。題名は「埠頭《ふとう》三角暗闇市場」。

ストーリーは巨大な地震と津波がおしよせてきて「飛鳥《あすか》」級の豪華客船が波止場に斜めに打ちつけられ座礁。そこに港近くにある高層マンションが巨船と頭を打ちつけあうようにして倒れ、埠頭の上に大きな三角形の空間を作ってしまった。でかすぎてその建造物の修復はもうできず、その傾いた船とビルに逞《たくま》しく住みつき、三角形のアーケードのようになった埠頭を闇市にして怪しい人間や人語をすこしあやつるヘンな動物が沢山出てくる混沌《こんとん》とした世界が舞台だ。

その時代、すでに日本の政府は崩壊寸前となっており、中国と韓国によってその覇権が争われている。両国の背後にインドとロシアがいて、その微妙な組み合わせが日本完全支配の明日を握っている。

――とまあ、大雑把にいうとそういうめちゃくちゃなシチュエーションだ。断っておくが、その小説は二〇一〇年から始まったもので、完結が二〇一二年七月号だった。

先日、この小説の単行本化について担当編集者と会って「おーい、アレどうする？」という話になった。尖閣《せんかく》諸島や竹島《たけしま》などをめぐってこのところどんどん不穏な事態が進んでいる。いまのままで来年に刊行すると、まるで東日本大震災やこのところのキナくさい動きに材をとったみたいで、あまりにもタイミングが……。という両者の先の読めない困惑があった。

繰り返すが、このバカ小説は巨大地震の前の二〇一〇年から開始されたもので、当時は今の情勢とはまったくちがっていた。

ただし、ぼくは十年ぐらい前から、いつか中国が日本という国を呑《の》み込んでいくのではないか、とぼんやり思っていた。

一九七〇年代、中国にはじめて日本人旅行者が入れるようになった頃（当時は団体旅行でないと許可されなかった）からぼくは三〜五年おきぐらいに中国に行っており、その急速な変化をずっと見てきたからだ。そのあいだに「西部大開発」というものがはじまり、中国の「西」、チベットやウイグルへの実質的な経済侵攻が猛烈なスピードで開始された。それは中国政府の「同化政策」と連動していた。同化政策を簡単にいえばチベットやウイグルに中国人（漢《かん》民族）がどんどん入り込み、実質的に中国化してしまう、という戦略だった。最初の狙いは膨大な地下資源だったが、そのうちに水資源の枯渇化に不安をもっていた中国は、世界の屋根であり、主だったアジアの川の水源地であるチベットの水を狙った。これは驚くほどのスピードで進められていた。

そうして小説家（ぼくのことですが）は、中国の次の狙いは「東部」と「南部」だな、と思ったわけである。おりしも中国人が大量に日本にやってくるようになった時期だった。この頃は観光目的が多く、銀座四丁目の交差点などに立っていると中国語しか聞こえてこなかった。かれらは銀座に並ぶ高級ブランドショップに行列をつくり、景気後退で日本人顧客の購買があてにならなくなっている日本の店には歓迎された。ちょうどバブル時代の日本人がフランスなどに行ってエルメスやグッチの店に行列を作っていたときのようにだ。その頃、日本人がホテルに戻ってくるやいなやロビーでそれらの包装紙をビリビリやぶき、お互いに買ってきたものを自慢しあうという光景をフランスの一流ホテルでよく見た。それと同じことをいま中国人が日本でやっている。この程度ならまだいいが、中国人の来日はこれからどっと増える可能性が高い。

中国には独特の不可思議な「戸籍」制度があり（黒い戸籍と呼ばれる）、いっけん自由経済に見えるようでも、住んでいる場所によってその「身分」や「自由度」はかなり隔たりがある。いま日本に来てブランドものを買いあさっているのはごく一部で、数年もすると規制が緩和され、どっと中国人の本体が押し寄せてくる可能性がある。日本に中国人だらけ、という時代だって本当にくる可能性がある。観光客だけではなく商売のための中国人も爆発的に増えるだろう。嫁不足に悩む日本の農村の青年が中国の貧しい山間部の村に住む娘をめとる、という国際結婚はかなりむかしからはじまっている。これからはさらに日本人と中国人の二世、三世が増えていくだろう。

北海道や東北では中国企業が日本と合弁のダミー会社を作って山林を買いあさっている、という情報をいろいろ聞く。水脈を探しているらしい。ほりあてたミネラルウォーターはそのまま本国に運んでいけばまことにいい商売になる。水はいまブルーゴールドといわれている。水の貴重さを知らない鈍感国はアジアでは水に恵まれすぎている日本だけである。

こんな状況激変をずっと見てきたので、日本の未来は、やがて中国人に完全に蹂躙《じゆうりん》されてしまうだろうな、と作家ならずとも考えてしまうだろう。

ましてや中国は『三国志』をはじめとして我々もよく知っている四千年にわたる奸計《かんけい》うずまく国家、風土、人間、思想の国である。かれらが大挙してやってきたら日本なんてひとたまりもないだろう。

それを黙って見ている筈《はず》がないのが韓国で、本来、日本、韓国はアメリカの庇護《ひご》の下にいる筈だが、裏切りというのはほぼ「歴史用語」だ。どうなるかわからない。

それにしても、韓国も中国もなぜあのように狂ったように南の島の領土圏にこだわるのか。ぼくはむかしのべ三カ月ほどロシアを旅していたとき少し理解したことがある。

北方領土についてである。冬に一カ月かけてシベリアを横断したが平均マイナス四〇度だった。ひどいところはマイナス五〇度にさがった。人間が生きられるギリギリのところだった。その厳寒のロシアで世界地図を見ているとき、たまたま反対にして見てしまった。そのとき我々が「北方領土」といっているところはロシア側から見ると完全な「南方領土」なのだ、ということに気がついた。

寒い国から見たらいちばん南にある、いかにもここちのいいエリア。ここにリゾートホテルをいろいろ建てればロシアの金持ちは気軽にやってきて「あたたかさ」に喜びハラショーを連発するであろう。ロシアはどんなことがあってもこの楽園基地になる可能性のある領土をいろんな政治的駆け引きの材料にすることはあっても絶対手ばなさないだろうな、ということを直感したのだった。

来年出るぼくの「いいかげんなＳＦ」は、図らずも状況的にいって現実の未来の一端を予見していたのかもしれない。けっして望んで書いていたわけではないのだが。

不眠対策の本を読んだら眠れない

読書の秋というけれど本当だ。このところ外出しないかぎり家にいるのだけれど（あ、あたりまえか）熱暑が案外あっさり身をひいてくれたおかげで、原稿仕事がないかぎり、自宅のいろんな場所でいろんな姿勢で本を読んでいる時間が増えた。

しかし、その読書対象となる本も、じきにはじまる連載原稿のための情報知識蓄積、という、まあなんというか学習の「必須科目」が基本にあるので、まるっきり趣味のジャンルのものを気ままに読む、というわけにはいかないのがやや悔しいところだ。

昨年はある雑誌で「死をテーマ」に一年間連載した。そのときも夥《おびただ》しい数の関連書を読んだ。探してみるとこのテーマは広いし、深いし、難しい。新聞などのコラムスクラップなども含めると六十冊分ぐらい読んだ。でも原稿を書くために役にたった本というと結果的に十冊ぐらいしかなかった。

宗教論や、思想家、民族学者などの死生観、あるいは、形骸化されたいわゆる葬式仏教の批判などという本は、読めば読むほどかえって混乱した。結局は自分の体験やそれに伴う自分の意見を述べていくしかないのだ、ということに気がついた。

関連読書は、その方向に基本的な誤りがないかどうか確認するための資料的なものになっていった。例えばジャイナ教と拝火教とは同一なのか宗派がいくらか違うのか、などということ。その連載が終わるのと同時に次の連載依頼が入ってくる。今度は「不眠症」に関するテーマだ。現代は五人に一人ぐらいの割合で不眠症に悩む人がいるという。

そのため不眠関係の本がいろいろ出ているが、不眠のメカニズムの解説とか医師の側からの精神論やそのサゼッションが殆《ほとん》どで、不眠症に苦しむ側からのノウハウ、対応本はあまりないという。その点、ぼくは不眠歴三十年の堂々たるベテラン、しかも現役である。

ナメンナヨという気概がある。なんの気概だ？

でもたしかに、ぼくも一時期、不眠症関係の本を読んだが、医師が書いた不眠のメカニズム解説書などを読んでも結局何の役にもたたない、ということがよくわかった。それを読むとただちに眠れるわけではないからだ。

連載をはじめるにあたって、しかるべき医療関係者などにそういう疑問をぶつける取材をしなければならない。それにはそういう関係書を読まねばならない。だからこのところ読書の秋とはいっても不眠関係の本を読んでますます不眠になっているのである。

寝られない日が続くと、あるとき反動でバクハツ的に寝てしまうことがある。自宅勤務のモノカキというのはその点ありがたいもので、出掛ける用がなければいつまでも寝ていてよいのである。

しかし、ときに朝方から深い眠りに入ってしまったりするので、起きるとそれが夕方なのか翌朝なのか真夜中なのか、この世なのかあの世なのか、寝起きのスイカ頭にはよくわからない。でもそのワカラナイ時、というのが案外いい気持ちなのだ。だから「死」の話を書いて「不眠」の話を書いたあとは「永眠」の話を書いていったらいいのかな、などと思ったが「永眠」とは「死」のことであったか。

ある新聞に月に一回、三冊の本の紹介記事を書いている。三冊ならばどんな本でもいいという注文だったけれどアットランダムに読んだ本を並べても芸がない、と思ったのでなんらかのテーマでつながっている三冊にすることにした。ぼくは気にいったテーマがあるとそれにつらなる本を連続読みする傾向があるので、そういう方法に慣れているのである。

そこで不眠関係の本に飽きた先日の夜にだいぶ以前買って未読だった『「バンコク・ヒルトン」という地獄――女囚サンドラの告白』(サンドラ・グレゴリー、川島めぐみ訳/新潮社)という本をなにげなく読みはじめたらこれが面白い。

一九六五年スコットランド生まれのサンドラは二十五歳の頃にタイにいた。ヒッピーのような日々だった。そのとき男友達に誘われて八九グラムのヘロインを日本まで密輸する犯罪に加担する。ヘロインを詰めた袋を直腸に隠す、というよくある方法だ。これがタイ空港でバレ、裁判の結果一九九三年、懲役二十五年の刑となる。タイは麻薬密輸に厳しく、懲役二十五年の上の刑は死刑なのである。

タイにおける女囚刑務所のすさまじい地獄の日々がはじまる。刑務所内で問題を起こすと懲罰があり、そのひとつはたまりにたまった共同便所の大きな便槽のなかに何人かで胸まで漬かってはいり、一日中それをくみ出す、などというのがある。反抗するとその仕事が終わったあとも体を一切洗わせずに牢《ろう》にもどされる、などということが書いてある。不眠で辛《つら》いとかなんとか言っていられない過酷さだ。対英国との関係などでサンドラは四年で英国の刑務所に移送され、今度はそこで残りの刑期をつとめることになる。英国にもどればもっとましな、という期待はすぐに砕かれ、さらにひどい日々がはじまるのだ。

こういう本を読むと、結局朝まで一気、ということになる。疲弊して倒れるように眠る。再び朝だか夕方だかわからない時間に起きる。続いて似たような本を読む。『アンヌの逃走』（アルベルチーヌ・サラザン、野口雄司訳／早川書房）。一九五七年、二十歳の娘が高さ一〇メートルの監獄学校の塀を飛び下りて脱走する。足首を骨折したので這《は》って道路に出る。話はそこからはじまる。実話である。その本の著者であるアルベルチーヌは三十年の生涯のうち七年間も刑務所にいた。こういう本は世の中に凡百とある所詮は作り話でしかない推理小説などよりもはるかに面白い。

続いて、日本とアメリカの両方の監獄生活を体験した『女子刑務所にようこそ』（流山咲子／洋泉社）を手にとる。女で日米両国の刑務所生活を体験した日本人はこの人がはじめてという。グアムで旅行会社を経営したり、日本で銀座のクラブのママをしたりという栄光の日々から囚《とら》われの日々の落差がすさまじい。これもあっという間に読んでしまった。そうしていま、同じようなジャンルのなかでもっとも過激そうな『地の果てからの生還』（ジュディス・クック、中村明子訳／徳間書店）にとりかかろうとしている。

これも実話だが舞台は十八世紀末のイギリス。二十歳で街道強盗をはたらき流刑になる。しかし甲板のない粗末なボートで流刑の島オーストラリアから夫と子供と脱出する、というすさまじい話だ。この本もだいぶ以前に買って読み残していたものだ。ああ、明日からまた眠れない（眠らない）夜がはじまりそうだ。

あんた知ってるよ

ときどき酒場などで知らない人に声をかけられる。東京ではいきつけの酒場は三つぐらいで決まっているし、新宿のある居酒屋は三日にあげず顔を出しているから常連はたいてい顔見知りで、まあこれはいい。

地方都市の居酒屋などで知らない人に声をかけられる。読者らしい老若男女だ。読者層を実物で知るにはこちらとしてもいい機会だ。「失礼ですが……」などと驚いた顔をして、でもたいてい常識的な態度で声をかけてくれるからこちらも丁寧に対応する。

でもときどきうんと失礼なのがいる。

まあ酒に酔って気が大きくなっているのだろう。

「おう。読んでるよ」などと斜めむかいの席からいきなり言われたりする。

「あっ、それはどうもありがとうございます」

芸人じゃないけれど、地方の居酒屋で、ぼくは珍獣乱入みたいなものだろうから、珍獣としては丁寧に対応する。その土地の知り合いや、その日の仕事で出会った人などに連れられていった店などが多いからその人に失礼があってはならない。でもなるべく早く自分たちのさきほどまでの話題に戻りたい。そこでちゃんと常識的に対応していると、さらに失礼なことを言いだす親父《おやじ》がこのあいだいた。

「でも最近よう。ちょっと質落ちてんじゃないの」

うーん。そう言われれば……。思いあたるところ多々だから頷《うなず》くしかない。

「どうも駄洒落《だじゃれ》が多いよ」

親父は言う。

あれ、そうだったかなあ。ぼくは駄洒落はあまり書かないと思う。そういう親父が読んでいるのは一般週刊誌のこの「ナマコ」とか『週刊文春』の「赤マント」もしくは、今年からはじまった『東京スポーツ』のコラムぐらいだろうから思いだしてみるのだが、しかしぼくは駄洒落はケーベツしているので、まずは書かない筈だ。

「だいたい全部読んでるからよう」

親父は言う。

「けっこう本好きだからよう。だいたい全部読んでるよ」

粗製濫造《らんぞう》作家だからそう言われればそんな本、書いているかもしれないから再び頷くしかない。

でも、全部読んでいるって、本当かよ。ぼくはいっぱい本を書いている。自分でも何冊書いたかわからなくなっているくらいだ。昨年、事務所のスタッフやその仲間たちがぼくのホームページをたちあげてくれて、それでようやくぼくがこれまで世の中に撒《ま》き散らしたゴミのような本の総数がわかった。昨年秋の段階で二百三十冊（文庫は別）だった。だから全部読んでいるとすると凄《すご》い数になる。

「だいたい全部読んでいるからわかるんだよ」

親父はかさにかかったようにしてまた言う。もう、そのへんでいいかげん勘弁、釈放してもらいたい。もしぼくが一人で退屈していて、本気でムッとしていたら、

「じゃあ、あなたは何を読んでそう言うんですか？」

などと聞いてしまったりするかもしれないが、シラフではまあそんな面倒なことは言わない。

でも、その日、その親父はしつこかった。

ぼくが書いたのではない小説本の名を言って、それがその月読んだ本だ、と言ったのだ。知っている作家だがぼくに似ているとは思えない人だ。これはもう一刻も早く話をおわりにしないといけない。

ほうっておくとこっちの席に来そうな雰囲気だったので、ぼくはその店に連れてきてくれた人に嘘《うそ》の理由（今夜中に原稿を書かねばとかなんとか）を言って先に店を出た。

こういうのをなんと言うのだろうか。「とばっちり」というやつだろうか。トンでくる火の粉とでも言おうか。

それまで一緒に飲んでいた人に失礼だったし、その店を出てからその地方の名物のオ

ロシ蕎麦《そば》でも食いにいきましょう、と言っていたのをひそかに期待していたのにそれも夢と消えた。

おばさんとなると、もっと露骨だ。

やはり地方都市の空港だった。四人ほどのおばさんがいて、一人の派手な服装のおばさんがぼくを指さしている。

で言っている言葉が聞こえる。「ホラあのヒト。なんていったかな、ホラ本書くヒト」

他の三人のうちの一人が「ああ、ああ」と、やっぱり言っている声が聞こえる。残りの二人は「ええ？　ぜんぜん知らなーい」などと言っているのが聞こえる。もっと声を小さくしてほしい。ぼくは歩いていく方向を急に変えて、行きたくもなかったお土産をいっぱい売っているコーナーのほうに行って身を隠した。やっぱり珍獣扱いなのだ。

ぼくですらこのようなコトがあるのだから芸能人やトキの有名人などはたいへんだろうとわかる。

このあいだ、どうしてもいかなければならないパーティ（東京の派手なところ）で、主賓が挨拶しているときに、その舞台の後ろからドヤドヤと七、八人の目立ちまくりの人々が入ってきた。失礼きわまりない奴《やつ》らだった。しかもそいつらの殆どが男女ともサングラスをしている。さらに目立ちまくりなのだ。よほど有名なタレントなのかと思ったが、いずれもぼくは知らない顔だった。

なにかむかしのロックとかモデルとかそういう人らしいが、みんな旬をすぎているシワシワ顔フケ顔異様化粧顔である。染めているのか長い白髪のおばさんもいた。ある時代、もしくは今もその業界では有名なヒトなのかもしれないが、その人達の立ち居ふるまいを見ているとできるだけ目立ちまくりたい、というココロが透けて見えた。透けまくりだ。

ふんいきがいっぺんにざわついてきた。そのパーティはわりあい芸術寄りで、それまでは真面目な紳士淑女の厳粛ななかにもかろやかなはなやぎのあるここちのいい場なのだった。ぼくはその日『週刊文春』の自分の連載コラムに「問題なサングラス」というタイトルで、サングラスをしている人はかえって目立ち、とくに室内のパーティなどでもサングラスをしている人はあまりに異様だ。なんてことを書いたばかり、というかその号が発売された日で、会場にくる前に読んでいたから、なんだかあまりのタイミングに笑ってしまった。

居酒屋ではぼくも珍獣だったが、そのパーティの彼らはまとまった珍獣だった。嫌な気配になってきたので、その日のパーティの主役の挨拶が終わったあたりでぼくはジリジリ前をむいたまま後退する恰好《かっこう》でパーティ会場をニゲた。目立つのと自意識との境界を考えながらタクシーに乗った。

うどんのお詫び

先日高松に行った帰りに、空港の待ち時間が長く、暇のあまりついつい「讃岐《さぬき》うどん」を買ってしまった。空港の売店は全部「うどん屋」といってもいいくらいどこもかしこもうどんだらけなので買わないと損みたいな気分にさせられる。

で、後日半生《はんなま》のそれを茹《ゆ》でて、あつあつのをドンブリにいれ、贅沢《ぜいたく》にも生タマゴを二つも割ってよくかき回して投入。うどんと一緒に買ってきた「うどん醬油《じょうゆ》」というのを微調整しながらいれてまだ「あつあつひはひは」状態のを食ったらこれがひさしぶりの讃岐本場味でうまいのなんの。

地元のうどん屋さんでもこの食べ方をしている。「あつあつ」とか「ひやあつ」とか「かまたま」とか。ぼくがやったのはたぶん「かまたま」。

あの日高松でぼくが会った人とは全員「うどん」の話しかしていなかったような気がする。市内にはいまうどん屋さんは八百あるそうだが正確にはわからないらしい。なにしろ毎日のようにどこかの店が消えてどこかで新しい店が開店しているようなのだ。

ガソリンスタンドのガソリン料金表示のように、日々刻々と変わるうどん屋情報をその日ごとに「高松の本日のうどん屋＝七八六店」なんて出したらどうなのだろう。だけどそれにどんな意味があんの？　と聞かれたらうつむくしかないけれど。

でも高松の人はみんなうどんに強い関心を持っているから、「あと少しで八百台復活だ」とか、「目指せ、夢の九百突破！　みんなで団結してもっともっと食おう！」

などと、そんな表示を見て喜びと期待になおいっそうズルズルの道に励むかもしれない。

その日会った何人目かの人とはまだ「宇高《うこう》連絡船」の運航されていた頃の連絡船にあった甲板うどんの話で盛り上がった。四国と本州を結ぶ橋のできる前はみんなその連絡船で渡るしかなかった。

ぼくがはじめて高松に行ったときはその連絡船があったからよく覚えている。

船の両発着場にはうどん屋があり、連絡船の甲板にもうどん屋があった。乗船客は船着場でうどんを食って船に乗ると、みんな走って甲板にいく。そのときは理由がわからず、彼らの走っていく方向に何かとんでもないことがおきている！　と思ってぼくも走っていくと、みんな甲板うどん屋を目指しているのであった。「なにも走らなくてもいいのでは」「そこまでしなくても」「だっていまさっき船着場でみんなうどん食っていたじゃないの」などと思ったが高松の人は「うどん」と聞いたり「うどん」の文字を見たりしたらたちまち逆上し自然にカラダが動いてしまう人々なのだ、という強烈な洗礼を受けた瞬間なのであった。

今から七、八年前に『小説新潮』という雑誌でとつぜん「麺《めん》の甲子園」という連載をはじめた。麺ずき旅ずきのぼくに目をつけた編集部が、群雄割拠する日本中のいろんな麺のうちどこが一番うまいのかこのへんで見極めるときだ。チームを作って一年半実際に全国を食べてあるき、甲子園のように各地で「地区大会」というものをひらき、最終的にそこから勝ちあがった各地区の優勝校じゃなかった優勝麺による「全国選手権」というものをやり、キチンとこの戦国乱立波乱の麺類界に取り敢《あ》えずの決着をつけましょう！

と、まあ誰に頼まれたわけでもないものの、キチンとまなじりつりあげ、ワリバシ振り回し、本当に食べて歩いたことがある。

そして最終的に二十四地区百八十店の勝ち残り二十四麺決勝トーナメント戦を行った。

そのとき「讃岐うどん」は旭川醬油ラーメン、札幌《さっぽろ》味噌《みそ》ラーメン、浅草ざるそば、徳島ラーメンを撃破し、決勝進出。

そのときの決勝の相手が意外な伏兵、福岡の「沖食堂の支那《シナ》うどん」であり、激戦の末、「讃岐うどん」は僅差でやぶれて準優勝となったのであった。激戦といっても実際に全国の強豪麺を食ってきた取材チーム全員による激論、というわけだったのだが。

この取材で一年半かけて主だったご当地麺はくまなく食べていったのだが、こういうのにはタイミングの運、不運がある。一日に四、五店は行く（全部最後まで食べるわけではない）のだが、やはり何も食べていないその日最初の麵は、その日満腹で最後に食べるものよりは空腹の分だけ「うまい」と感じるから得である。そこをうまく調整してはきたのだが、もっと不運だったのは時間が遅くなって、その土地で一番うまいという有名な店にはいけず、そこらの名もない店に入って食べるご当地麵だった。

山梨県の「吉田うどん」がその不運のひとつで、帰りの時間が迫っており、みんな満腹状態で、かつ怪しげな店に入るしかなかった。思ったとおりひどくまずかった。化学調味料の味がそのまんま。うどんはこまかくぶつぶつ切れている。

一年間やった取材のなかで最低最悪のうどんであった。でも原稿締め切りの問題もあって、その最低うどんで話を書かねばならなかった。当然一回戦で負け。横浜、静岡、山梨ブロックの地区トーナメントだったが、一回戦で同じ山梨の強豪「ほうとう」に六回コールド負けしている。この場合のコールド負けというのは「お話にならないまずさ」ということを、そういうコトバで表現しているのである。

そのことがずっと頭にあった。

ぼくは、この数年前から「ラーメン」よりも「そば」「うどん」のほうがうまいなあ、と思っている。年齢が関係しているのだろう。しかし、あの強引かつ独断の「麵の甲子園」の当時をときどき思いだし、山梨の「吉田うどん」にはフェアでないことをした、との悔恨がずっとあった。そしてこの週末、別の用で山梨に昼頃にいたのである。数人の仲間と一緒だった。

一人が有名な店を知っていて、そこに連れていってくれた。流行りの店らしく広い駐車場もいっぱい、靴を脱いで座る飯場のような店の中も客でいっぱい。

ぼくはみんなが注文している「肉たまうどん」を注文した。数年前のアンフェア採点のお詫《わ》びの気持ちでいっぱいだった。すぐにできたてが出てきた。で、食った。

はっきり書いてしまうが、これはそんなにさわぐほどのものではない、ということがわかった。固いうどんである。うどんの固さは名古屋の味噌煮込みうどんを超え、練った粉団子を食っている、という感触で、ぼくは半分で残してしまった。ほかにもっとうまい店もあるのだろうが、とりあえずそこは繁盛店なのだから「吉田うどん」にはこれでキチンと仁義をとおした、という気持ちになった。

窓辺でクルクル回るモノ

南向きの日当たりのいい出窓に「ラジオメーター」というものが置いてある。むかし誰かに貰ったものだが、これはいい贈り物だった。

生きているのだ——というとやや語弊があるが、太陽の光に当たるとクルクル回りだす。全体が大きな電球のような形をしており、中に水平に取り付けられた小さな四つの羽根がある。一方が黒く塗ってあり、一方が銀色がかった白。この四つの羽根が水平の風車のように自然にクルクル回る。太陽の光を浴びて喜びながら踊っているようにも見える。

大きな電球のようなものの中は真空で、四つの羽根の黒い方が太陽光に温められて膨張し（超々ナノミクロンレベルだろうが）押されるようにして前に進む。四つの黒が次々に同じ理屈で反応する。その結果クルクルクルになるのだ。いや、これはぼくの想像で、もしかすると白いほうが太陽光に反射し、反作用で後退し、その連続がクルクルになっているのかもしれない。いま調べようとしたがうまくデータが見つからなかった。

これを最初見たとき「永久機関」を想像した。何かひとつの運動をきっかけに燃料なしで永久に動く「しくみ」だ。発明すると間違いなくノーベル賞ものだ、と言われている。こいつのでっかいのを作って回転エネルギーを増幅させ、最後はタービンを回して発電すれば太陽光による直接的なエネルギー転換がなりたつのではないか。しかしそこまでの力を出せる巨大な真空装置、というものがなかなか作りにくいような気がするし、そこから得られる回転エネルギーも、見るからにはかないような気がする。

まあこれは今のところ太陽が出たぞ出たぞと言って喜んで回ってくれているだけで楽しい気持ちになるから、そのくらいの役目でいいのかもしれない。

最近その隣にやはり太陽光が当たると自転車をこぎだす働き者が増えた。ヒトも自転車も太いハリガネ細工のようになっているが、足もとにある黒いボックスが太陽熱を吸収してそれをエネルギーに転換し、ハリガネ君のこぐペダルの軸を回転させているのだろうなあ、ということがわかる。さっきのラジオメーターが太陽の光を浴びると即座に回転しはじめるのに対して、このハリガネ君が自転車をこぎだすまでいくらか時間がかかる。「ああ、いま太陽の光を吸収して電気をためているのだな」という準備動作が見てとれる。ラジオメーターが無音なのに対してこのハリガネ自転車君はけっこう賑やかな音を出す。「働いていますぜ」と強引にアピールしているかんじだ。

でも、そいつによって「ああオレも働かなくちゃ」と思うから、ナマケモノの労働意欲喚起に役立つかもしれない。

最近ここにまた別のひどくやかましい奴が闖入《ちんにゅう》してきた。妻がどこかから見つけてきたもので、カミキリムシみたいなのとアゲハチョウみたいなものだ。こいつらは太陽の光が当たるとカミキリはギギギギ言って長い触覚を左右にふり、細い六本の脚をふるわせて、適当な方向に向かって歩きだす。でどんどん進むが太陽光の当たらないところに行ってしまうと「しまった」と言って静止する。いや「しまった」とは言わなかったな。

蝶《ちょう》のほうは全体を支える一端をガラスにペタンと取り付けてしまうようになっているので、太陽の光を浴びると「いまだわ」などと言って激しく羽をバタバタさせる。いやこいつも「いまだわ」とは言っていないようだが、羽のバタつかせぐあいは銀座の夜の蝶も負けるぐらいの目立ちぶりだ。

かくしてぼくの部屋の出窓は晴れた日になるとたいへん賑やかになってしまった。

カミキリムシみたいなのと蝶の入っていた箱をよく見るとどちらも中国製であった。どうりでギーギーバタバタうるさいこと。よく耳をすますとその騒音の背後で「センカクセンカク」などと言っている。ウソですよ。

今年の夏はことのほか暑く、毎日頭のうえでギラギラしている太陽がうとましかったが、ニンゲンというのは勝手なもので、秋になってちゃんと急に寒くなってくると太陽が嬉《うれ》しい。とくにぼくはむかしから太陽の下が好きだった。メラニン色素が人一倍多いらしく陽《ひ》にやけるのもヒトより早い。釣りや草野球なんかで仲間十人ぐらいと半日ぐらい太陽にさらされていると、ぼくだけ突出して真っ黒になっている。たぶん先祖が南方系なんだろう。皮膚が赤くなるサンバーン現象を通り越してすぐ黒くなってしまうのだ。写真をやるひとはわかるだろうが、まわりの友人がISO100ぐらいなのに対してぼくは1600ぐらいあるのだ。感度良好。

最近わかってきたのは、ちょっと体の調子が悪いときでも、太陽の光を浴びていると次第に元気になってくる、という現象だ。前に書いたがそれは海釣りでわかったのだ。早朝まだ暗いうちから釣り船で沖に出る。何か風邪気味のようで調子悪いなあ、と風のこないところでへたっているが、やがて太陽が出てきてどんどんその陽光に力が出てくると、ぼくもどんどん快方に向かっているのだ。その変化を目のあたりにした友人が「光合成している！」と驚嘆した。ぼくもソレを感じた。

そうなのか。オレは植物人間なのか。いや通常使われている植物人間ではなくてですね。水を飲んで太陽エネルギーを全身で吸収していると成長もしくは回復していく特殊体質のようなのだ。これはいいコトなのかどうか。ただ、このことに気がついて自分自身で納得することがあった。

ぼくは緩やかな躁鬱《そううつ》のケがあって、たいてい一、二月ごろにウツ気分になっていく。ヨーロッパやロシアなどに「冬季鬱」という言葉があることを知った。ぼくの状態もソレに近いのかもしれないのだ。日本も一月、二月はいちばん寒くて昼の時間も短い。太陽が一日出ない日もある。

そういう状態が長く続くと、ぼくはだんだんハカナクなっていくのだ。太陽エネルギーの吸収が少なくなっているからなのかもしれない。我が部屋にあるラジオメーター君も陽はさしてきたとしても冬はスロー回転だ。まだハリガネ自転車君は冬を体験していないのでどういう対応をするかわからないのだが、日本の冬の太陽光では自転車はこげないかもしれない。中国の昆虫たちはどうするつもりだろうか。

やつらがそれでもバタバタギーギーやってくれたら、こっちも少しは励まされるだろうが成り行きが心配だ。

冬は我が家の屋上に行って水を沢山飲み、さらに四肢をお湯に浸してサンデッキに仰向けになり、もっとしっかりと光合成作戦をとるという方法もあるが。

5 汚されたシルクロード

脈絡もなくスランプだあ

このところ癖になっていて、寝るときにヘッドホンで古今亭志ん朝さんの落語を聞いている。以前にも何度か同じように志ん朝さんの落語を寝るときに聞いていたから、これは周期的にくる「癖の波」のようなもので、結局どの落語もこれまで何回聞いているかわからないくらいになってしまった。

志ん朝さんの落語はいろんなCD全集を買った。録音として残っているもののほぼ九〇パーセントは入手したように思う。もっとも同じ演目でも、年齢や高座の場所などによっていろいろ調子が違うのがわかるし、枕が違っている場合は、同じ演目でもぜんぜん別物、というふうに考えていいようだ。

前にも書いたが名古屋の大須演芸場のものは、枕が全部その場のものなので、これはお得感があった。その枕のなかでしばしば話しているが、どうもこの頃から志ん朝さんは鬱っぽかったようで、高座に上がるのが憂鬱でしょうがない、などという弱音のようなことをチラチラ語っている。けれど噺《はなし》に入ると、何時《いつ》ものように軽やかにしかも安定して達者にいい噺をしてくれるので、志ん朝さんは自分の鬱々とした気分を、噺をすることで強引にその時間だけ「吹っ飛ばしていた」ようにも感じる。

名人の噺家は沢山いるが、志ん朝さんの落語がどれを聞いても生き生きしているのは、女の語り口調の使いわけがとびきりうまいからのような気がする。要するに色っぽい口調、ということになると志ん朝さんが飛び抜けているから、廓噺《くるわばなし》などということになるともう絶対に志ん朝さん、ということになる。

「品川心中」「五人廻《まわ》し」「三枚起請」「居残り佐平次」「付き馬」「明烏《あけがらす》」「錦《にしき》の袈裟《けさ》」。どれを聞いても、江戸の当時の吉原《よしわら》や品川などの廓の賑《にぎ》わいが伝わってきて、そのおおらかさに驚嘆、羨望する。

当時の遊廓《ゆうかく》品川の様子は映画『幕末太陽傳』のモノクロ画面で「こんなふうだったのか」といくらか知ることができるが、我が人生のなかでとうとう遊廓に行けなかった、というのが非常に残念だ。

ある落語の枕噺のなかで志ん朝さんはギリギリ間に合って先輩らに連れられて吉原に行った、と話している。一度連れていってもらうと、あとはもう自分一人でいけるからいろいろ勉強したという。廓に行くのを両親も勧めていたというからやっぱり噺家の世界はすばらしい。両親というと父親は古今亭志ん生《ここんていしんしょう》ではないか。

ここまで書いてきて、思考が中断してしまった。いきなりここから先の話が何も思い浮かばないのだ。いままでもときどきこういうコトはあった。ちょっとしたスランプというやつだろう。週刊の連載が三つもあるから、話のネタがなくなることがある。品切れ、在庫切れ、ガス欠という奴《やつ》だ。これまではなんとかごまかして切り抜けてきた。自分と読者をごまかしてきたのだ。

でも今回はなにを書こうとして志ん朝さんの落語の話から入ったのだったか。その動機がモヤモヤしてまるっきりどこかに行ってしまったのだ。いやはや憂鬱である。普通だと頓挫してしまったら、思い切ってこの話は失敗、と言ってすっぱりやめてしまい、ほかのテーマに行くのだが、今回はその余裕がない。

あっ、そうだ、わかった。

不眠症である。このところずっと何年も不眠症で苦悩している。その対策として、寝る前に志ん朝さんの落語をヘッドホンで聞いていると、やがて寝ている、というシアワセな眠りが何度かあったのだ。

でもここしばらくそれも効力を失ってきた。来年からある雑誌で「不眠」についての連載を書くことになっている。そのための参考書籍を寝る前に読んでいる。『脳と遺伝子の生物時計』『絶望名人カフカの人生論』『睡眠文化を学ぶ人のために』『時間の分子生物学』『眠られぬ夜のために』など。こういうのを読んでいると難しくて眠くなるかと思ったのだが、ところどころでおもいがけなく斬新な発見があり「あっそうなのか！」などと思わず上半身を起こしてしまい、ますます眠れなくなる、という苦悩サイクルに入ってしまう。

本を置いて、しばし自由思考に入る。でも心のうちは眠れない焦りがあるから、思いは千々に乱れ、脈絡がなくなる。

わが人生、ついに廓に行くことはできなかった。そういう「できなかったこと」はわが人生にもっといっぱいあるだろう。体験せずに死んでいくんだ、というモノがどのくらいあるか、ということをむかし仲間といろいろ語ったコトがあるが最後はみんなでぐったりしておわりだった。

スポーツで結局やらなかったのはテニスだ。あんなもの男がやるもんじゃない、とあやまった偏見があった。いろんな格闘技系に進んでしまったので球技はあまり縁がなかった。中年になって草野球に目覚め、面白がってやったが、もっと早くからやっておくべきだった。

山スキーや岩登り、氷壁登りはやったが、ゲレンデスキーはやらなかった。だからスノボはやらずに死んでいくんだ。やらず、というより「やれない」ということだろう。スクーバーダイビングとカヌーはいろいろやったが、ヨットとサーフィンはやらずに死んでいくんだ。

ゴルフはとうとうやらなかった。これは「やりたくない」という強い意志があった。

子供の頃、近くにゴルフ場があり、そこに忍びこんでよくプロレスごっこなんかして遊んだが、親しい友達の一人は絶対にそのゴルフ場に入らなかった。だからゴルフ場遊びのときはその友達は一人遊びだった。あるとき理由がわかった。その友達のお母さんがそこでキャディをしていたのだ。以来、ゴルフを嫌うようになった。自分の母親みたいな年齢の人に道具を持たせて歩きまわるあのシステムは嫌だ、と思った。環境を壊すしね。

同じような理由で靴磨きをしてもらうこともわが人生では一度もなかった。自分の母親や父親のような年齢の人に靴を磨かせることは嫌だった。自分の靴など自分で磨くよ。第一ぼくは磨いてピカピカに光らせる靴など持っていないドタ靴人生なのだった。

ああ、でもこんなことを書くために落語の話から入ったのだろうか。どうも違う。またまた思いは千々に乱れていく。このままでは志ん朝さんじゃないけれどぼくまで鬱っぽくなってしまう。前向きのことを考えよう。このあいだ若い人と山中湖《やまなかこ》で合宿したとき、そこにあったビリヤードが面白かった。あれはこれからぼくにもまだ楽しくできるかもしれない。

小さいモノの大きい未来

ニューギニアのニューアイルランド島に行ったとき、夜更けにコテージの管理人が「面白いものを見せる」と言った。

海岸べりの何もない村である。管理人の運転するトラックの荷台に乗って山の中に入っていった。もとより「真っ暗」。北海道の原生林あたりまで行かないともう「漆黒の闇」などなくなってしまった日本の「いいかげんな夜」ばかり見ている目に、ニューギニアのジャングルの闇はきっぱりと黒よりも濃い。やがて目的地に着いた。

不思議な木があって、ぼおっと全体が光っている。なぜかその木にだけ常に蛍がいっぱいたかるのだという。つまりは「蛍の木」。

山の闇のなかで、本当にそこだけ冗談のように「ほわん」と明るい。なるほど夥《おびただ》しい数の蛍がたかっていた。

木そのものの高さは五メートルぐらいだろうか。とりまいている蛍は千匹ではきかなかっただろう。おとぎ話のような光景だった。

さらに驚いたのは、蛍というのは尻のあたりにある発光部分を間欠的に点灯させているのだが、その点灯のタイミングが全員一致しているのだった。なにか彼ら独特の「同調信号」のようなものがあって、全員がそれに合わせて点滅しているように見える。最初は細い電線でつながったクリスマスのときなどのイルミネーションのたぐいではないか、と思ったほどだ。でも近づいてさらによく見ると、木に止まっているもの、そのまわりを飛びかっているもの、どれも細い電線など引っぱっていない。

ファンタスティックを通り越してなにか「怖い」ような気分になった。あんな小さな虫たちが、いったいどういう生態的メカニズムで点灯を同調させているのだろうか。

小さな虫たちが集団でいることは多い。一番身近なのはアリだろう。アリは非常に単純な神経系と小さな脳しかもたないが、それでもって実に統制のとれた行動をする。アマゾンで見たハキリアリは、全員が何かの労働マニュアルを読んで学習しているかのように、自分の体よりはるかに大きい葉をくわえて一列になって巣に運んでいる。じっくり見ているとあれは整然と一列になっていかないと移動効率が悪いことに気がつく。たとえば各自てんでんバラバラに大きな葉をくわえて進んでいくと、葉と葉がぶつかったりアリとアリが追突したり（アリさんとアリさんがごっつんこ）して不都合がおきやすい筈《はず》だ。

あの行動を見ていると、どこかで全体を指揮している司令塔あるいは管制塔的な機能があって、そこにいる現場監督みたいなやつが全体を俯瞰《ふかん》し状況を掌握し、指令を出しているようにしか思えない。

葉を切りとっていた現場からそれを巣に運び込むまでの最短距離コースを遠く離れたところから客観的に見ていないと、あの整然とした行列作りは無理ではないかと思えるのだ。でも、いろいろアリ関係の本を読んでいると、そういう現場監督はいない、と書いてある。全体で行くべき方向を認識している――というのだ。蛍と同じように、全体が同じ思考で同調している、ということになるらしい。

パラグアイの荒れた川沿いのいささかデンジャラスな土地（毒蛇がたくさんいるのだ）にテントを張ったとき、毒蛇の生息していそうな場所を避けよう避けようとしていたあまり、獰猛《どうもう》な「刺しアリ」の巣の上にテントを張ってしまい攻撃にあった。このとき不思議に感じたのは、刺しアリが知らぬ間にぼくのからだのあちこちに這《は》いのぼり「せーの」で嚙《か》みついてきた、というコトだった。やつらはなんらかの方法で連携していて、一斉同時攻撃をしかけてきたのだった。

日本の可愛《かわい》い「アリさん」とちがって頭が大きく、つまりは顎がでかい。さらに蟻酸《ぎさん》も強烈だから、この攻撃にはびっくりした。あとで知ったが、ある種のアレルギー体質の人はいっぺんに沢山嚙まれるとショック死してしまうこともあるらしい。げんにアリの総攻撃でブッシュの弱い動物が殺されることがよくあると聞いた。

SFの古典名作に『砂漠の惑星』というのがある。スタニスワフ・レムというロシアの作家で、この人の書いた『ソラリスの陽《ひ》のもとに』は映画になり、日本でも『惑星ソラリス』というタイトルで公開された。

話はここでは前者の『砂漠の惑星』についてだが、人類がたどりついたある銀河系惑星には文明があった。そして侵略した地球の探検隊と戦争になる。そのとき、その異星の兵器はV字型をした小さな塵《ちり》のようなものだった。それが何千億という数が固まった雲のようになって、地球軍に攻撃してくる。そのV字型をした塵のようなものは互いに連携をとって全体でひとつの意志をもった強力な武器なのだった。この小説を読んだとき、その頃まだあまり言われることもなかったサイバネティクスという未来科学の「用語」を初めて知ったのだった。

サイバネティクス。いまそれは未来の科学の躍進に大いに関わってくる先端技術、ナノテクという名で一般化しつつある。

近著『２１００年の科学ライフ』（ＮＨＫ出版）のミチオ・カク氏はニューヨーク市立大学理論物理学の教授。これまで沢山の非常に先鋭的な科学概説書を出している。ぼくのアタマには少々難しい話が多いが、理論の説明に『スター・トレック』や『アバター』などわかりやすい話題映画などの例をちりばめてくれるので、何度も読んでいるうちにしだいにわかってきたような気になる。

待望の最新刊でぼくが飛びついたのは「ナノテクノロジー」のことがいっぱい出ている項目だった。向こう百年。まだ先のようでいて、もうじきのような、スリリングな時間設定だ。教授はその時代までには、たとえばスター・シップの分野では、これまでのサターンロケットのような巨大ですさまじいエネルギーを使った宇宙への挑戦よりも、指輪や針の先のようなナノテクによって作られた非常に小さな（しかし沢山の）宇宙飛《ひ》翔体《しょうたい》が連携して、たとえば外太陽系の探索などに向かうだろう、と指摘している。それらはたとえば木星など巨大惑星の引力を利用して飛翔するからエネルギーは必要とせず、全体で連携しあって宇宙を探索していくようになるだろう、と書いている。

極端に解釈すれば、冒頭書いた蛍やアリのような昆虫たちの「集団思考、集団行動」を利用した「宇宙昆虫」のようなものがこれからの宇宙開発のひとつのカギを握るかもしれない――と言っているのだ。ナノミクロン単位のものが集まって塵や霧のような状態の「意志を持った存在」になって宇宙の次代を切り開く、怖いような、膨らむ夢のような斬新な話ではないか。

汚されたシルクロード

一九八八年に行われた「日中共同楼蘭《ろうらん》探検隊」は、朝日新聞の創刊百年を記念したものだった。ぼくは系列関係にあるテレビ朝日の要請で、その探検行に参加した。長いあいだ外国の探検隊の入域を禁止していた中国が「日中共同」というかたちながら外国人の探検隊をその地に受け入れるのは、日本の大谷《おおたに》探検隊以来七十五年ぶりと聞いていた。

楼蘭は広大なタクラマカン砂漠の要衝に位置しており、中国、ペルシャ、インド、シリアおよび古代ローマ間の貿易の中心地だった。要はシルクロードの重要な「十字路」として栄え、それがために常に近隣の侵略攻撃にさらされて二千年前に消滅。以来「幻の砂の王国」といわれていた。

すぐ近くに砂漠のなかの奇跡の湖ロプノールがある。ノールとはウイグル語で「湖」のことであるから「ロプ湖」といえばいい。琵琶《びわ》湖の大きさと対比するとわかりやすいが、季節によって収縮するものの最大で数十倍ぐらいになるという。しかも淡水。この広大な湖が近隣にあることで砂漠の小さな王国が存在できたのである。

このロプ湖がある周期をもってタクラマカン砂漠を移動している、という説を唱えたのが楼蘭を発見した探検家スウェン・ヘディンで、そのことを書いた『さまよえる湖』にぼくは少年の頃から魅了されていた。

いつかそこへ行く、ということが夢だったから、テレビ朝日のドキュメンタリーのレポーターとして参加できる、ということはまさに人生の僥倖《ぎょうこう》そのものだった。一カ月の砂漠の旅だった。むかしはラクダ隊を編成し、大人数で一年も二年もかけて行っていた話がさまざまな西域探検家たちの記録に語られている。

でも我々の時代は四輪駆動車の連隊だった。明確なルートというのはないから、その旅はなかなか厳しかった。キャンプの荷物や食料を運ぶのは大型のフランス製軍用車、六輪トラックだったが、道は常に乱脈をきわめ、乗っている人間は洗濯機の中のパンツ状態だった。途中大きなラクダの半白骨化した遺骸があったり、塩の連なる川があったりした。流れの止まった川が地殻からしみ出てくる塩によって真っ白になり、遠くから見ると氷の張った川のように見えるのだ。ヤルダン地帯には悩まされた。ヤルダンというのは、このあたりは常に北西に向けて風が吹いているので、軽い砂は全部とばされ、硬い地殻が一定方向（北西）に向かって続いているのだ。巨大な畑の畝《うね》を想像してもらえばいい。それが三〜五メートルぐらいの高さの長い長い地殻の帯になって続いているのだ。この地殻の骸骨のようなうねうねを横断していく。スタックが相次ぎ、クラッチ盤がいかれてしまうクルマもあった。ひどいときは一日五キロしか進めない、という日もあった。

いくつものキャンプを積み重ね、最後は車も走れなくなり、アタック隊は徒歩で向かった。そのとき、中国側からとんでもない指令が入った。最終キャンプから先は、いっさいの撮影を禁止する、という中国政府からの無線による命令が入ったのだ。理由は告げられなかった。スチールにしろムービーにしろカメラによる撮影ができなかったら、新聞社としてもテレビ局にしても最重要の取材道具を失うことである。事前に何度も交渉を続け、確約されていた事項だった。

もしそんなことが最初から決められていたら、その探検隊が砂漠に入ることはなかっただろう。詳しくは知らないがかなりの資金が動く探検計画だったからだ。激論応酬の結果、同行する中国側の一人のカメラマンが撮影する写真だけを使う、ということで日本側はしぶしぶ合意した。しかしムービーはどうあっても駄目ということになった。

そうして我々は僅かな水を持って目的地まで最後の最悪の徒歩接近ということになった。

いろいろアクシデントはあったが、楼蘭に到達した。途中渡ったロプ湖はまったく涸《か》れていて荒れた砂の湖底には白い大きな巻き貝が地平線の彼方《かなた》までころがっていた。砂漠の真ん中で見る貝は悲しい。

不可解、不本意な経緯があったから完全なカタルシスまでにはいたらなかったが、ぼくとしては若い頃からの夢の場所に本当に立てた、という事実に体を熱くしていた。

——あれから二十四年たったつい最近、ひょんなことからあの探検行のおりの中国隊(中国政府)の突然の契約反故《ほご》の理由らしきものがわかった。

東日本大震災のおりの原発事故にからんでいろいろな情報が各方面から明らかになっていったが、そのなかに中国の核実験の経緯の一端が明らかにされた。中国はかなりむかしからタクラマカン砂漠で核実験をやっていたのだ。場所は我々の向かった楼蘭に近い。あの突然の契約反故の真相はどうやらこの核実験と関係がありそうだった。場所的に楼蘭近辺で核実験をやる意図はわかる。あのあたりの風は常に北西方向に向かって吹いていた。おそらくこの風の方向はユーラシア大陸ができていまの形状になってからずっと変わらないのだろう。核実験による放射能はそこから北西の方向、ウイグル自治区のほうに向かい中国本土にはその影響はない。ウイグルではこれまで数十万の放射能の被災者が出ている、という話も聞いた。

二十四年前の我々の進んでいったルートを見ると常に楼蘭方向から吹いてくる風に向かっていた。毎日放射能に汚染された風のなかを〝進軍〟していた可能性が高い。

そうか、そうだったのか。

いろんな意味でもう遅いが、我々のうち何人かは体内被曝している可能性がある。

中国はその後、日本人はシルクロードがとにかく大好きだ、ということに目をつけたのだろう。タクラマカン砂漠に自動車で簡単に入れる道を作った。タクラマカンハイウエイ（！）というそうである。ハイウェイといっても地面をならし、砂利を敷いたぐらいのことだろうけれど、その道路によって楼蘭に簡単に行けるようになったという。けれどあっという間に楼蘭にクルマが横づけではありがたみがない。というので、わざと離れたところからラクダだか四輪駆動車だかに乗って遠回りし、二泊ほどのテントキャンプをして疑似探検体験の後に到達する仕掛けだそうである。

中国側の作戦は図にあたり、ハイヒールでも行ける探検隊というツアーが実施され、その様子を書いた『ぶらっと楼蘭』などという散歩気分のタイトルの本なども読んだ。そんなふうに簡単にかつてのシルクロードの要衝までみんなが行けるのはいいことかもしれないが、中国はその近辺でまだ核実験を行っている可能性がある。でも商売上は相変わらず秘密なのだろう。

よもやまばなし

このところ、毎週末が旅行である。すべて国内の二、三泊。雑魚釣り隊という「焚《た》き火《び》偏愛教」としか言いようのない親父《おやじ》集団十五人ほどでキャンプ合宿をした翌週は、名古屋方面に行って二百人の合宿をする。それでもって次の週（明日からなんだ）は博多《はかた》、沖縄方面に複合仕事で三泊だ。

沖縄には総勢十人でカレーを食いにいく。それのどこが仕事なんだ、と聞かれると説明するのがちと大変なのではしょるが、本当にちゃんとした「仕事なんです。これでも」とうつむきながら答えるしかない。カレーがラーメンと並んで日本人の国民食である、という民俗学が絡んでいる。民俗学とカレーでは絡みにくいのではないか、という怜悧《れいり》な質問はしないでいただきたい。ついでに福神漬や食べる辣油《ラーユ》などもからめてみます。

少し前だと一、二週間ぐらいの海外取材旅行によく出ていたが、東日本大震災以降は考え方が少し変わり「絶対に！」という目的がないかぎり海外取材は自粛した。

アメリカに住んでいた孫たちファミリーが日本に帰ってきた、という理由も案外大きい。混沌《こんとん》とした諸外国を不眠症のストレスをかかえながらうろついているよりも、育ち盛りでちゃんと日本語会話のできる少年と世界の遺跡とか変わった動物の話なんかを日《ひ》溜《だ》まりでしているほうが楽しいし精神的にもいい。

少年は、ぼくがこれまで世界のいろいろ変わったところ「砂漠とか北極とかアマゾンなど」に行っているのに興味があるらしく、自分でその関係の本を探してきてはむさぼり読み、さまざまな疑問を抱いて「で、どうだった?」と聞くのである。「アマゾンには大きなヘビや魚がいるんだよ。じいちゃんは一〇メートルのアナコンダと戦おうとしていたんだけれど、向こうが逃げていってしまったんだよ」などというホラ話をしたいが、近頃の子供はなかなか騙《だま》されない。

「ナマケモノは本当にナマケモノで一日中何もしないんだよ。木につかまってじっとしていて十日にいっぺんウンコをするだけなんだ」「ふーん。じゃあごはんはどうするの」「つかまっている木の葉を食べているんだよ」「ふーん。たいくつじゃないのかなあ」

震災で子供や孫などを失ってしまった人の話をたて続けに読んだ。慟哭《どうこく》が伝わってくる。そういう日溜まり話をしたかっただろうになあ、とつくづく思う。頭《こうべ》を垂れるしかない。ぼくの妻はずっと二週にいっぺん福島の被災地に通っている。そこで生で聞いたいろいろな話をぼくは自宅で聞く。妻はそれをある雑誌に連載で報告している。

だから今は、日溜まりのなかの小さな子とのその一瞬一瞬が大事なんだなあ、と思う。

もうひとつ最近の習慣にしているのが、いままであまり聞かなかった噺家の落語をつとめて聞くことである。

この欄にたびたび書いていたように、これまであまりにも古今亭志ん朝さん一点張りだったのを改め、心を大きく開いたのだ——なんて、ちと大げさですな。

もちろん文楽《ぶんらく》、志ん生、圓生《えんしょう》、三木助《みきすけ》、金馬《きんば》、正蔵《しょうぞう》、柳枝《りゅうし》、小《こ》さんなどという名人の古典落語はみんな聞いてきた。

「寝床」「らくだ」「明烏」「付け馬」「火焔太鼓《かえんだいこ》」「芝浜《しばはま》」などよく語られる落語でも噺家によってそうとう色合いの変わるのを聞きくらべするということなどもやってきた。

これは時間がかかるが結構面白い。

「寝床」は噺家によってサゲ（いわゆるオチ）が微妙に変わる。

殺人的に下手くそな義太夫《ぎだゆう》に凝ってしまった大家さんに番頭さんが一人で立ち向かい、命がけで聞くというあたりから違ってくる。

志ん生のは、命の危険を感じた番頭さんは味噌蔵《みそぐら》に逃げて内側から鍵をかけて耳をふさいでいるが、大家さんは梯子《はしご》をかけて味噌蔵の窓から番頭さんになおもウーウー義太夫を語り込み、番頭さんは味噌蔵のなかで七転八倒の苦しみ。そのあと番頭さんは「カムチャッカに逃げてしまった」というのと「共産党に入ってしまった」というふたとおりある。

どっちもおかしいが、そのサゲまでのたたみこむような話の様子を頭で思い浮かべていると、落語はやはり最大の娯楽なんだなあ、と思う。

このところ改めて集中して聞いているのが若手といわれている人や関西落語などで、これまで意味なく敬遠していた噺家群だ。

たとえば柳家権太楼《やなぎやごんたろう》など、これまで一度も聞かずにいて申し訳ない、というような気持ちになるくらい意表をついてけたたましく面白い。有楽町の朝日ホールの朝日名人会に出ているような噺家なので若手といったら失礼なのだが、知らないうちにものすごくいいキャラクターの噺家が出てきているのだな、といささか焦る気持ちになってきた。

週に二～三回は飲みに行っている新宿三丁目の居酒屋から三分ぐらいのところに寄席「末広亭」があるのに、いつも自堕落に飲んでそれで終わってしまう。これからは寄席に行ってみよう、と強く思った。

ＣＤボックスを買って旅の途中などに聞いているのは桂文珍《かつらぶんちん》さんで、このひとは自然体の話し方が魅力だ。ごくごく自然のコンニチワ的な枕噺からいきなり古典に入ってしまったりするので油断がならない。イヤホンで聞いているのだが新幹線のなかで声を出して笑ってしまったのが「老婆の休日」だった。

落語で語られているのをここで文章にしてどないすんのや（関西弁口調は影響されますなあ）という問題もあるが、たとえばこんな枕。

最近のファストフードなどは売り子がみんなマニュアル言葉しかしゃべらない。「いらっしゃいませ。大と小がありますがいかがいたしますか。お持ち帰りになりますか」。どんな客がきてもみんな同じだ。

そこへ「うちのおばあちゃんがトイレを借りにいったんです」

この枕はここで次にうつってしまう。うまいもんだなあ、と感心する。おかげですっかり文珍さんのファンになってしまった。同時に関西落語にも目覚めた。

明日は飛行機で福岡へまず行く。新幹線と違って飛行機のなかは座席の背もたれの高さの関係で異常なタイドは前方の客室乗務員のお嬢さんに全部見られてしまう。あまりバカ面して笑い続けていられないしなあ。

ペンで原稿を書かなくなってしまってから、新幹線や飛行機のなかでの過ごし方がずいぶん変わってしまった。そもそも最近は新幹線や飛行機に乗るのが嫌いになってきている。ナマケモノの「食う」のと「ウンコ」のシンプル生活がうらやましい。

ホスト、ホステス問題

ある雑誌の取材のために新宿の歌舞伎町を久しぶりに歩いた。この日本屈指の遊興街が夜毎《よごと》の本領を発揮するにはまだだいぶ早い午後四時頃だった。

しばらく足を踏み入れないでいたうちに新宿コマ劇場はなくなり、むかし行ったことのあるロードショウ劇場もみんな消えていた。猥雑《わいざつ》に発展しつくして当面変わらない街と思っていたら、まだまだ別の方向に変化増殖していくらしい。

以前はそれほど見なかったのに、今回やたらと目についたのはホストクラブの大きな顔看板で、ある場所にはまるで選挙候補の乱立看板のように店ごとのホストが巨大なボードに大きな写真でずらっと並んでいてえらくきもち悪かった。

あれはなんというのだろうか、ホスト髪型とでもいうべきか。長髪で裾のほうが柳の葉のようにばらばらしているオバケみたいなヘアスタイルがいやに目立つ。というよりもホストというのはみんなその髪型だ。

ということはあのおばけ頭がホストという職業の一番人気のあるヘアスタイルなのだろうか。ということはそういう店にやってくる客（まあ女性という訳でしょうが）はあのような髪型や風体を一番好んでいる、というコトになるのだろうか。

その日我々は四人の男チームで歩いていたのだが男から見ると、あの風体はやっぱり相当にキモチワルイ、ということで意見は一致した。

ひとつには「個性」というものが感じられないこと。昆虫人間みたいなみんなおんなじ顔は不気味であること。何も全員ヤナギの下のオバケ顔に揃《そろ》えることはないだろうに。ハリウッド映画に出てくる男たちなんかはみんなそれぞれ個性のある魅力的な髪型をしているではないか。カッコいいスキンヘッドもいる。海兵隊の短髪なんかたいへんセクシーなんではあるまいか。

「ニーズと対応」というコトバがある。

まあよくはわからないながら、現実が答えとするならやはりあのオバケ顔が「遊び女受け」する、という結論になるのだろうか。

と、するとあれは日本の女性（もちろん一部だろうが）が極めて好む風体というコトになるのだろうか。あんたたちは（そういうところにいく女に対してですが）あんなのが好きなのですか。なんだか男のおしゃれや好みにこまかく煩《うるさ》いという女たちのセンスが信じられなくなってしまった。

男から見て、ぼくがかっこいいな、と思うのは、たとえば地方の海べりの食堂で出会ったいましがた東シナ海の漁から帰ってきたばかりの若い漁師がタオルハチマキのまま何かのドンブリをむさぼり食っている。陽にやけた横顔からは、今は目の前のドンブリに全身全霊を没入させていて、あたりの物音なんかなにも聞こえていない、というような一心不乱ぶりが見てとれる。そういう男の姿がいいなあ、カッコいいなあ、と思う。

あるいは終電まぢかの地下鉄の駅のベンチに座ってなにか呆然《ぼうぜん》としている人、というのも気になる。ちょっと間違えるとなにかタイヘンなことを起こしそうな不穏な気配もあるが、人生に疲れているんだな、ということが全体の崩れかげんから見てとれる。理由はわからないが、何かに悩み、自分のなかで必死にタタカッテいるようなそういう男の顔もまた魅力的と思うのである。

かといって新宿のホストクラブに色の黒いタオルハチマキに古びた印《しるし》半纏《ばんてん》の人や、人生の苦難を背負って目のうつろな人を配置したらどうか、というわけではない。

要は立場による審美眼の差だろうか。男の好きな男の様子と女の好きな男の様子というものの決定的な違いがあるのだろう。

で、そのとき我々おじさん四人組は「ハタ」と気がついた。では我々はいったいどういう女が好きなのだろうか。仕事がら年に一、二回は銀座のクラブというところにいく。歌舞伎町のホストクラブとは今度は逆の構造だ。

銀座のホステスもまた「独特のホステス風」としかいいようのない、一目でそれとわかる髪型、風体をしている。

夕方頃の銀座を歩いているとそういう人とひっきりなしに会う。よく目立つ恰好《かっこう》をしているからなのだろう。目立つのは、それだけ一般の勤め人とか観光客とは異なった風体をしているからだ。

かなりの比率でホステス髪型というのがありそうだ。その形の名前はわからないが額のあたりに髪の毛の庇《ひさし》のようなものが「ひゅん」とでっぱっていて、それが頭のうしろのほうででっかいカタマリになっている。和服を着ている人にそういうサイヅチみたいな頭の人が多い。なんだかただならぬ髪型だ。

あれが多い、ということはああいう髪型を男たちは好むからなのだろうか。洋服のホステスはヒラヒラドレス系で、シンデレラとか人魚姫みたいな装束もある。ああいう恰好をしているということは男の客が好むから、ということの場合も「ニーズと対応」が機能しているのだろうか。そうなんだろうか。

ぼくが客として思うには、もっと普通の姿がいいと思う。たとえば、そこらのちょっとしゃれた街で買い物なんかをしている若奥さんふう。あるいはぼくの住んでいる近所でよく見る、五、六歳の子供を自転車に乗せて力強くいく化粧気の殆《ほとん》どない元気な若いお母さん。地方の市場なんかで大きな声で魚を売っている若い女将《おかみ》さんふう。アメリカのリーガルサスペンス映画なんかに出てくるダークスーツにぴしっと決めたメガネなんかかけている気の強そうな秘書ふう……。

あれ？　こんなふうに書いてくると、なんだかこれしかるべきところのコスプレサービスみたいになってしまうのかな。

でも、この場合は装束だけでなくその「ほんもの」が銀座の店なんかにいて、自由に話などできたら進んで銀座に行きたい。逆にいえばバーチャルに着飾った女性はつまらない、ということになるのだ。まあたぶんこれは少数意見になるのだろうけれど。

先日沖縄を歩いていたら「未亡人サロン」という看板があった。東京にも戦後しばらくそういうのがあったと聞くが「未亡人」っていう文字をじっと見ると凄《すご》い意味である。本当に未亡人が大勢いる店だったらなんだか怖いなあ。

さらに南西諸島にいくと「北海道、東京、京都、福岡出身のホステスいます」なんていう看板をかかげている店もあった。

もしこの島にホストクラブがあるとしたら、やっぱりそういう出身地別のホストの区分けで客を呼んだりするのだろうか。どうもこの世界は単純なようでいて奥が深いようでよくわからない。あ、わかってもしかたがないか。どうもすいません。

ホームレス顔自慢

「怪しい雑魚釣り隊」というあやしいチームがあって常に十五人前後のオヤジたちでテントや炊事道具を担いで日本のあちこちの海岸で焚き火キャンプをやっている。その行状記は、こないだから『週刊ポスト』に月一回の〝大波連載〟というなかなか気のきいたネーミングの連続話になっている。

明日からそのチームで焚き火遠征に行こうという日、新宿の我々の居酒屋アジトに集まりちょっとした打ち合わせをした。打ち合わせと言ったって、もし魚が釣れてしまったらどうやって食おう、などという程度のものだ。

そのとき、居酒屋の店主ナカモトが「おれこないだ映画に出演したんだ」と信じられないコトを口走った。みんなが「噓《うそ》だ」「ありえねえ」などとすぐに反応したが、本人が「出た」と言っているんだからまあ聞いてやろうじゃねーか、ということになった。

話は本当だった。本当に日比谷《ひびや》公園で撮影があり、彼は出演したのだった。ただし役は「ホームレスのオヤジ」で、セリフはなく、ちょっと目を上から下に動かすだけの演技だったという。

「なーんだ」

「だけどなおめーら、監督が言ってたけど目だけの演技はむずかしいんだぞ。何を言わんとしているか、目だけで表すんだからな」

「どういうことを言わんとしたんだ？」

「えっと、それはなんだっけなあ」

困った演技者なのだった。

しかし、ナカモトをホームレス役に、と見込んだその映画関係者は慧眼《けいがん》だった、と我々の評価は一致した。これだけホームレス的な素質と風貌、そして全体でかもしだすそれらしい気配と貫禄《かんろく》を完璧にもっている男はなかなかいない。

沖縄人のナカモトは色黒でガニマタ。眼光がするどいところがホームレスのふりをした刑事の役もいける、とみんなの称賛を得た。これまで町でホームレスと思われた実績だって数々ある。

おれたちがキャンプしているとき、海岸べりを焚き火用の流木や燃えそうなゴミなど集めて歩いていると、彼はまったく一分の隙なくホームレス化する。

我々の仲間ではオレとニシザワもホームレスのストライクゾーンだ。やはり我々も色黒であり、強烈なアピール力はお互いに天然パーマ。しかもニシザワは不精髭面《ぶしょうひげづら》だ。服装もキャンプ旅となるとお互いとことんいいかげんなのを着ているし、すぐに地べたに座ってしまう癖がある。もうどこに出しても完璧に恥ずかしい無宿者キャラだ。

オレはこれまでに三回、公共施設でホームレスと思われた。最初は東京駅だった。雑誌社の仕事で旅に出るのだが、出版社さしまわしのハイヤーがやたら早い時間に迎えにきたのでまるで早く東京駅に着いてしまった。

寝不足だったから駅構内の柱に斜めに寄りかかり新聞を読んでいるうちに寝てしまった。ま、そういったらナンだが、オレは世界各国の旅をしており空港や駅などで世界中の旅人がそうやってかろやかに寝て疲れを癒やしているのをよく見てきたというコトもあった。

するとしばらくして誰かに足をこづかれていた。目をあけると東京駅の警備員らしき制服を着た二人組が「コラ、起きろ。ここで寝るなコラ」とわが足を蹴っている。ものすごいエラソーで容赦ない剣幕だった。

「ここらに寝ては駄目なんれすか」

間抜けに聞くと「当たり前だろう。起きないといますぐ排除するぞ」とさらに怒り、また足などケトばす。いささかムッとして立ち上がるとぼくの身長の半分ぐらいしかないメタボ親父二人だった。こんなのこっちからエイとケトばせばたちまちひっくり返せるな、と思ったが、そうするとすぐにパトカーなんかがサイレン鳴らして走ってくるのだろう。

別のときは広島大学跡地公園で仕事の時間待ちをしていたら自転車で来た老人に日曜

いの勧誘をうけた。「ガラだし」という仕事で一日七千五百円。ただし弁当代込み、と言っていた。「ガラだしってなんれすか」とまたもや間抜けに聞くと、建物を壊したときなどに出る木材やコンクリート片などの要するに粗大ゴミの収集係だ。妙な話、このときはなんだか嬉《うれ》しかった。まだ野外肉体労働ができると見込まれたのだ。

もう一回は成田《なりた》空港で長旅から帰ってくる妻をベンチに座って待っているときにガードマンが来て「ここでは夜は過ごせないよ、出ていきなさい」と言われた。そのときはクルマで行ったので八百円ぐらいの男モンペにビーサン。着古したTシャツ。水と新聞の入ったビニール袋をもっていたからやはりストライクゾーンのいでたちだったのだろう。顔が煤《すす》けているから服装がキマレばたちまちそっち方面のヒトに見られる。

まあそんなわけでナカモトに劣らない、という実績がある。むかし映画監督をやっていたこともあるので目の演技だってできるもんね。

そうやって威張っていたらタケダというスポーツライターが「こっちも忘れないでください」と怒っている。こいつはビーチサンダルで世界中の取材旅に出てしまう強者《つわもの》でまだ三十代と若い。

「シーナさんはたしかにホームレス的場数を踏んでますが、職務質問を受けたことはないでしょう」

タケダはそう言って胸を張るのだった。

聞いてみると新宿歌舞伎町を歩いていたら警官二人に呼び止められた。大きなバッグを背負っていたのだが、その中を見せろと言われたらしい。

中からパソコンが二台出てきた。

「これ、どうした?」

警官は早くも詰問調であったらしい。マガジンライターだからパソコンの二つぐらいは持っているが、タケダというのはむかしサッカーをやっていた大柄の髭面だ。どこからかっぱらってきたのだろうと思われたのだ。

ナカモト、ニシザワ、オレが相撲でいえば三役級と思っていたが、このタケダはやがて前頭筆頭から一気に我々三役を脅かす存在になるかもしれない。我々四人に共通しているのは体が大きくて喧嘩《けんか》っ早いところだった。

「そうか、オレ職務質問はまだないなあ」と反省しているとナカモトが「そうだ、おれモンゴルで立ち小便していたら警官にモンゴル式職務質問されたことがあるよ。言葉わからないし、生意気な小柄な奴なので殴って逃げてしまおうか、と思ったよ」と国際ホームレス王者の貫禄を見せた。モンゴル勢が日本の大相撲を蹂躙《じゆうりん》するなら、こっちはウランバートルを立ち小便だらけにしてやる、というさすがの横綱ホームレス魂なのだった。

単行本あとがき

当然ながらモノカキにはいろんなタイプがいる。大酒のみから下戸まで。酒乱から泣き上戸まで。アレ？　こういうのは何もモノカキ業界にかぎったことではないですね。つまりモノカキも普通のヒト、ということか。

多作、寡作というのはこの業界特有のものだろう。ぼくは多作系の粗製濫造部門に入る。あまりくわしく数えたことはないが、ぼくのホームページの担当者が調べてくれたところではいま二百四十冊ぐらいの本を書いてしまったらしい。数うちゃ当たる、を狙ったが最近はなかなか当たりません。そんなのよりも寡作で、一作書くと三年間ぐらい何も書かなくていい、というような作家がうらやましいなあ。

物知り作家、というのもあり、何人か知っている。カラオケのうまい作家もいる。読書家作家。グルメ作家。バクチ作家。パーティ大好き作家。銀座のクラブ活動大好き作家、いろいろいますなあ。

外国も含めてキャンプの夜を一番過ごした作家部門ではぼくはかなり上位にいくような気がする。野糞《のぐそ》の回数もたぶん上位にいくと思う。何を言っている、おれのほうが多い、という作家がいたら一度タタカッテみたい。どうタタカウのだ？

それともうひとつ「焚《た》き火《び》」の回数でもぼくはかなり上位にいけるだろう。外国の辺境地を移動しているときなど二週間連続焚き火キャンプなんてことざらにあるからなあ。

ぜんぜん自慢にならないけれど、趣味としてこの「焚き火」をして「酒盛り」をするのが好きなのだ。今でも月に一回は釣り仲間とどこかの岬の岩かげなんかで流木集めて焚き火をつくり、夜更けまで飲んでいる。もしかするとそのときが人生のなかの一番の「黄金時間」ではないかと思う。

焚き火酒盛りがいいのは、あのおかしなマニュアル言葉をしゃべる店員などが「こちらビールになります」なんて言いにこないこと。閉店がないこと。御勘定がないこと。家（テント）まで三十秒で帰れること。這《は》ってでもいけること。

テントのなかの寝袋にもぐりこんでまだ起きて飲んでいる仲間たちの酔った声と、流木焚き火がバチバチはぜている音を聞いて眠るのもすばらしい時間だ。ふだん不眠症で悩んでいるが、そういうところではよく眠れる。

が、夜更けの三時頃にふいに起きてしまうこともある。たいてい飲みすぎていて喉が渇いて水が飲みたくなるからだ。するとまだ焚き火のそばで、もうそうとう酔った数人がまだボソボソ話をしていることがある。

じゃあ、水じゃなくて冷たいビールでもまた飲むか、などといって再び火に手をかざす。もう力の弱った焚き火だけれど、まるで自分の人生みたいでそれもまたいいんだなあ。

今は都会の春めいた午後に

椎名　誠

文庫版のためのあとがき

いろんなところで焚《た》き火《び》キャンプやってきたけれど、日本のキャンプの残念なところはテントを張って野外料理を作って暮らすキャンプ期間がたいへん短いことだろう。まあ社会人になるとなかなかまとまった休みがとれない、ということがあるのでしょう。テントを張ってその中で寝る、ということにヨロコビがあり、それだけで満足しているようなところがある。

管理しすぎのキャンプ場などで見かけるのは、まあファミリーキャンプなのだろうが、もの凄《すご》く複雑で立派で大きなテントを張っている人がけっこういること。テントなのにリビングやダイニングみたいなのがあって寝室があって、なんていう大邸宅テントみたいなのを見かける。

お父さんとお母さんと子供たち全員総出で制作しているのだが、大きくて複雑なのでなかなかうまく建てられない。おまけに説明書が英語表記だったりするとますますイライラは募る。もう最初から夫婦喧嘩《げんか》状態だ。あれは欧米のバカンスなどに使われる長期滞在用のテントなのだ。

組み立てるのに半日ほどもかかってしまう。そのあいだ子供は飽きて「お腹すいたあ」などと泣きだし、父ちゃん母ちゃんは「我慢すんのよ」などと怒鳴り、新居建設計画は最初から問題含みになっていく。

運よくキチっと張れたとしてももう翌日には解体して帰っていく。あれはアウトドア雑誌とかメーカーに騙《だま》されているのではないかとぼくは思っている。高いのになると三十万円ぐらいするんですよ。

我々雑魚釣り隊も基本は個人用テントだが、できるだけシンプルなのにしているから慣れていると一人で三分もかからず設定できる。

それでも最近は季節とキャンプする場所によって個人テントなど張らずに全員まとめて寝られ、しかもテントのなかで焚き火もできる、という簡易テントを発明した。くわしくは図に示した。そのほうが分かりやすいと思う。竹林のあるところでは枯れた竹が必ずあるからそれを利用し、全体をブルーシートで覆う。コツは屋根の部分に直径一メートルぐらいの穴をあけておくこと。

モンゴルの「ゲル式」とカナダインディの「ティピー式」の二通りある。どちらも総工費は一万円もかからない。中で焚き火ができるからそれを囲んで十人は寝られる。イビキのうるさい奴《やつ》は個人テント（隔離テント）にいかせるが、雨の心配なく、焚き火を囲んで閉店のない酒をくみかわす夜というのは楽しいですよう。

焚き火キャンプとそのテントづくりというのは、ちょこざいなアウトドア最新知識だけの野郎とかいろいろうまいことをいうショップに騙されず、自分たちで工夫して改良していくのが一番賢い方法だと思う。

二〇一六年春　雑魚釣り隊秘密基地キャンプから帰ってきた翌日に

椎名　誠

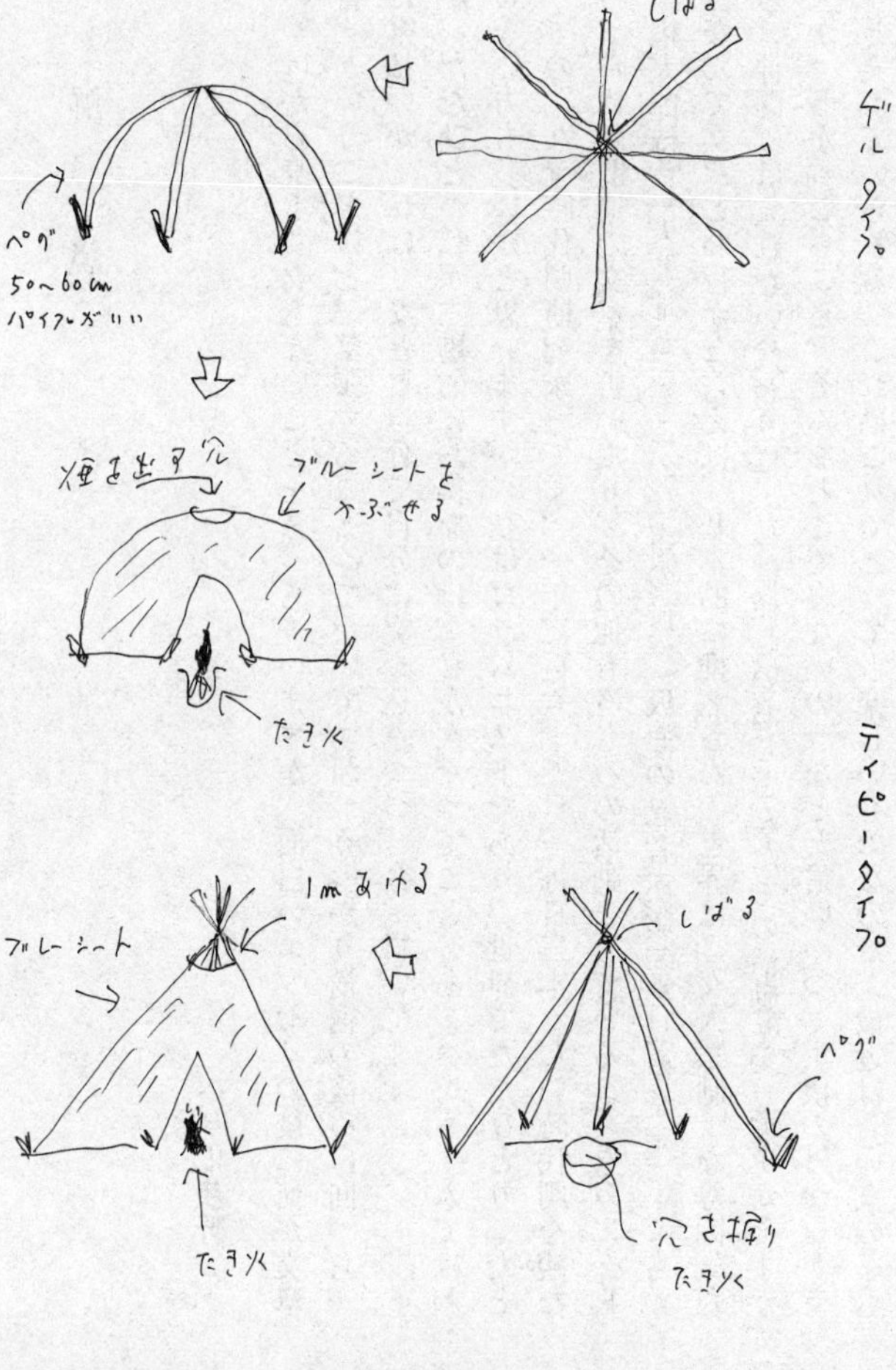
しばる
ゲルタイプ
ペグ
50〜60cm
パイプがいい
煙を出す穴
ブルーシートを
かぶせる
たき火
ティピータイプ
1mあける
ブルーシート
たき火
しばる
ペグ
穴を掘り
たき火

解説

ペリー荻野

のっけから身もフタもないことを言っちゃいますが、面白いエッセイの後に何か文章を書くということほど、緊張することってないですね。うっかり横綱の後ろに回っちゃった露払いか、私は。などと自分で自分に突っ込みつつ、今、書いてます。

が、ただひとつ私が立場的にお得なのは、私が女だってこと。あ、ペンネームではわからない方も多いかと思いますが、私はコラムニストであり、世界でただひとり（だと思う）の「女流時代劇研究家」です。一年三百六十五日、毎日三本くらい時代劇を観《み》ながら、時代劇関連の文章を書いたり、その他もろもろの活動をしている（ちなみに今日は『桃太郎侍』『天と地と』、この仕事の後、『仮面の忍者赤影』を見る予定）。でもって、なんで女だとお得かと言えば、基本的に椎名さんの世界は「女人禁制」な雰囲気だから。仲間には入れない代わりに、私は怪しいおじさんたちの活動を、「そーかそーか、焚火《たきび》か」とか「こらこら、そんなとこで寝ないの」などと言いつつ、土俵の外からゲラゲラと笑っていられる。これはこれでとっても楽しいものなのだ。最近は若い女の子も、やれ立ち飲みだ屋台だ野宿だと、おじさんたちの領域にずかずかと入っていくのがお洒落《しゃれ》みたいに言われるが、あれはどうなんでしょうね。私はあまり好きではない。人には領分というものがあり、それをわきまえてこそのお洒落だと思うから。おじさんたちの焚火は、どこかにはあるが決して女子には見られない。都市伝説でいいのである。

そんなわけで、名前にナマコを持つ作者は、日々、いろんなものを見つめている。本書でもビールの出現率相変わらず高し。長く椎名さんのエッセイを読んでいると、作者が無事に今日も旅をしたり、美味《うま》そうにビールを飲んでいると「よかったよかった」と安心したりする。これは読者の何目線というんだろう。よくわからない。

いろいろな話が出てくるが、やっぱり面白いのは椎名さんが「これはいやだ」と嫌いビームを発射するものたちだ。オリンピック中継で「しばしば映る日本の応援団のチンドン屋みたいな異様な風体《ふうてい》の連中」やパーティで主賓が挨拶をしている最中にドヤドヤと入ってきた失礼きわまりない奴《やつ》ら。「しかもそいつらの殆《ほとん》どが男女ともサングラスをしている。さらに目立ちまくりなのだ」。いるいる。こういうの。さらに椎名さんのナマコ眼はサングラス集団の観察を続ける。

「なにかむかしのロックとかモデルとかそういう人らしいが、みんな旬をすぎているシワシワ顔フケ顔異様化粧顔である。染めているのか長い白髪のおばさんもいた。

ある時代、もしくは今もその業界では有名なヒトなのかもしれないが、その人達の立ち居振るまいを見ているとできるだけ目立ちまくりたい、というココロが透けて見えた。透けまくりだ」

そうだ、そうだ。透けまくってるぞ。読者もいっしょに嫌いビーム発射！　サングラス連中はこんなビームが読者全員から照射されているとは永遠に気がつかず、相変わらずダサいサングラスをかけ続けているのだろうけど、こっちはこっちで嫌い続けてやるもんね。

土俵の外にいると言いながら、すっかり一派に加わった気分でちょっとうれしい。

落語と映画の話も多い。

よく出てくるのは、椎名さんが愛してやまない古今亭志ん朝《ここんていしちょう》さんのこと。大須《おおす》演芸場の完全録音版をその日のうちに注文し、楽しんでいるという。

大須演芸場について少し書かせていただく。

私はこども時代、大須演芸場のすぐ近くで育った。大須は、明治期には近隣に遊郭があり、食べもの屋や飲み屋が立ち並ぶ名古屋有数の繁華街だった。昭和初期には、芝居小屋や映画館が大繁盛し、有島一郎《ありしまいちろう》ら多くの喜劇俳優や芸人も大須でデビューを飾っている。全盛期の大須商店街はまっすぐに歩けないほどのにぎわいだったそうだ。だが、私がおつかいでほかほかの味噌串《みそくし》カツを抱えて、アーケードの通りを走っていた昭和四十年代には、すっかり寂れた町になっていた。たまに友だちと演芸場の近くにいくと、扉の外で煙草《たばこ》を吸っている芸人さんにお菓子をもらった。後日、その芸人さんがテレビで「山のあなあなあな……」と言っているのを見たので、あれは三遊亭圓歌《さんゆうていえんか》さんだったのかもしれない。

その後、大須演芸場は長く経営難が続き、いつ閉鎖されてもおかしくないと言われ始めた。私も知り合いの若手落語家が出るというので平日観に行ったが、空席ばかりで高座からじっと見つめられながら噺《はなし》を聴くというすごい状況だった。しかし、名古屋唯一の常打《じょうう》ちの寄席をなくすまいとさまざまな救いの手が差し伸べられた。その超大目玉が志ん朝さんの高座だったのだ。当然ながら、連日大入り満員の大盛況。この会は九九年まで十年間続けられた。

椎名さんの文章には、「この頃、志ん朝さんは高座に上がるのが憂鬱だった、と何かの本で読んだ」とある。憂鬱な気分を押してでも、この高座を務めた志ん朝さんの心には、寄席をなくすまいとの志だけでなく、大須という町への好意があったのかなあと思う。そして、大須演芸場を意識して、噺の枕に地元の風物をふんだんに入れて自由に語っていることを喜んでくれている椎名さんにも、なんだか感謝したい気持ちになる。

もうひとつ、「中日シネラマ劇場」についても書かせていただく。

この映画館については「ナマコのからえばり」シリーズ第一巻「ギョーザライス関脇陥落?」の章ですでに触れられている。映画館というよりは、シネラマという映写システムそのものに映像オタクの椎名さんはたまらなく惹《ひ》かれているのである。

シネラマとは、三つの撮影機で撮影した映像を三つの映写機で再生するものだと私は椎名さんのエッセイで初めて知った。

「当然上映スクリーンも巨大になり、日本で一番大きなスクリーンで上映したのは、名古屋の中日シネラマ劇場で、スクリーンの大きさは縦一一メートル、横三〇メートルだった。彎曲《わんきょく》しているので奥行きが七メートルもあった。こんなに巨大になると前の席にいる人は全体を見ることができず、たえず首をふりまわしていなければならなかっただろう」

中日シネラマ劇場は大須演芸場から徒歩圏にあった。よって私たち大須のこどもも走っていける距離にあったのだが、実際はとても遠いところだった。その理由は、映画館が入った「中日シネラマ会館」という建物は、各階にレストランやボウリング場、ゲームセンターなどが入った娯楽の殿堂であり、十円単位のこどもの小遣いではとても出入りできる場所ではなかったからだ。

しかし、私には素晴らしい抜け道があった。当時、同居していた年上の従姉《いとこ》のトヨコだ。トヨコは堅物の親戚一家の中では唯一の遊び人であり、短大時代、堂々とミニスカートを穿《は》いて、首には赤いネッカチーフを巻いていた。彼女はちびの私の面倒を見ると適当なことを言って、私の手を引いて中日シネラマ会館に連れていくのだ。私はそこで初めてビリヤードというものとトヨコのボーイフレンドを見た。紫煙の中で響く玉突きの音、ドキドキする映画のポスター、ガラスケースの中でぴかぴか光る蠟《ろう》細工のパフェ。みんなのあこがれがすべて詰め込まれたビルにその巨大スクリーンはあったのである。

　中日シネラマ劇場は、椎名さんのエッセイの通り、とにかく広く豪華だった。私もその赤いビロード張りの椅子席で「００７」などを観たはずなのだが、それは年に一回あるかないかのぜいたくな映画鑑賞。記憶にあるのはもっぱら同じ会館の中にあった「シネマＡ」という名画座で観たものばかりだ。なにしろシネマＡは六百円で三本立て。上映作品は選べないものの（選べばいいのだが時間と六百円があればとにかく映画を観まくるので）学生にとって有り難い場所だったのだ。何が目の前に出てくるかは運次第。おかけでマルクスブラザーズ三本立てとか、偶然に撮影されたライオンが人を喰《く》うシーンがハイライトという『グレートハンティング』のシリーズ（この悪趣味作品に続編ができたことに驚く）とか、とんでもないものを観ることになった。

　トヨコもとっくに孫を持つ身になり、中日シネラマ会館も十年以上前に解体された。シネラマの巨大スクリーンは永遠に幻となった。いろんなことにスレにスレた私たちは、今後、志ん朝さんの落語や『幕末太陽傳《でん》』やシネラマのように「あれはすごかった」「すごすぎて笑っちゃうほどだ」と心に響くモノに出会えるのだろうか。「ナマコのからえばり」シリーズを読み返すたびに、そんなことを思ったりもする。

そうそう、志ん朝さんたちが守ってくれた演芸場は、平成二十六年にいったん閉鎖され、翌年きれいに改装されて、リニューアルオープンした。オープン直前、私は新オーナーと話す機会があった。昔の演芸場の雰囲気を残したくても消防法やら耐震性やらなにやらでいろいろ大変だったらしい。ただひとつ、どうしても譲れなかったのは、二階を桟敷《さじき》にすること。椎名さんは、最近、いろいろな落語家の噺を聴いているという。ぜひとも大須演芸場の桟敷で至福の時間を過ごしていただきたいと思う。近所には椎名さんのナマコ心を満足させる、いい飲み屋もありますからね。

（ぺりー・おぎの　コラムニスト）

初出誌『サンデー毎日』二〇一二年四月二九日号～一二月二三日号

本書は、二〇一三年三月、毎日新聞社より刊行されました。

椎名誠の本　〈ナマコのからえばり〉シリーズ　集英社文庫

ナマコのからえばり
本日7時居酒屋集合！
コガネムシはどれほど金持ちか
人はなぜ恋に破れて北へいくのか
下駄でカラコロ朝がえり
うれしくて今夜は眠れない

集英社文庫

流木焚火の黄金時間《りゅうぼくたきびのおうごんじかん》　ナマコのからえばり

2016年5月25日　第1刷　　定価はカバーに表示してあります。

著　者　椎名《しいな》　誠《まこと》
発行者　村田登志江
発行所　株式会社　集英社
東京都千代田区一ツ橋2-5-10　〒101-8050
電話　【編集部】03-3230-6095
【読者係】03-3230-6080
【販売部】03-3230-6393（書店専用）

印　刷　株式会社　廣済堂
製　本　株式会社　廣済堂

フォーマットデザイン　アリヤマデザインストア　　マークデザイン　居山浩二

ISBN978-4-08-745444-4 C0195